「己を信じるならば、迷いなくただ一歩を踏み、ただ一撃を加えるべし」
鋼殻のレギオス X
コンプレックス・デイズ

お菓子。
こんなものが作れなくても、
フェリには他にできることがある。

目を瞠る美貌が赤い髪を揺らして仰け反る。
顔を真っ赤にするには十分な破壊力に
レイフォンは視線をそらした。

鋼殻のレギオス10
コンプレックス・デイズ

雨木シュウスケ

ファンタジア文庫

1471

口絵・本文イラスト　深遊

目次

登場人物紹介

●レイフォン・アルセイフ　15　♂
主人公。第十七小隊のルーキー。グレンダンの元天剣授受者。戦い以外優柔不断。
●ニーナ・アントーク　18　♀
第十七小隊の隊長。強くありたいと望み、自分にも他人にも厳しく接する。
●フェリ・ロス　17　♀
第十七小隊の念威繰者。生徒会長カリアンの妹。自身の才能を毛嫌いしている。
●メイシェン・トリンデン　15　♀
一般教養科に在籍。レイフォンとはクラスメートで、彼に想いを寄せている。
●ナルキ・ゲルニ　15　♀
武芸科に在籍。都市警察に属する傍ら、第十七小隊に入隊した。
●ミィフィ・ロッテン　15　♀
一般教養科に在籍。出版社でバイトをしている。メイシェン、ナルキと幼なじみ。
●カリアン・ロス　21　♂
学園都市ツェルニの生徒会長。レイフォンを武芸科に転科させた張本人。
●ゴルネオ・ルッケンス　20　♂
第五小隊の隊長。レイフォンとの間に、天剣授受者絡みの確執がある。
●シャンテ・ライテ　20　♀
第五小隊の隊員。隠す気もなくゴルネオが好き。
●サヴァリス・クォルラフィン・ルッケンス　25　♂
グレンダンの名門ルッケンス家が輩出した天剣授受者。ゴルネオの兄。
●ディクセリオ・マスケイン　??　♂
ニーナの前に現れた赤髪の青年。武芸者として強い力を持つようだが……？

スイート・デイ・スイート・モーニング

ピッピロッピピッピロッピピッピロッピ～～♪

「ではではでは、セリナさんのクッキング教室、はーじまーるよ～～～」

ピッピロッピピピポロッピ～♪

「……なんですかこれは？」

朝、食堂に行くといきなりBGMとともにセリナがおたまを振《ふ》りまわしていた。

「だって、せっかくのバンアレン・デイなのに、なにもしないなんて面白《おもしろ》くないじゃない」

こめかみを押《お》さえるニーナにかまわず、セリナは体をくねらせる。

「ニーナちゃんも、レウみたいにお菓子《かし》を用意しないと」

「ぶっ」

すでに食堂にいて、我関《われ》せずの顔で朝食を摂《と》っていたレウがお茶を噴《ふ》いた。

「義理《ぎり》ですよ。義理！」

動揺《どうよう》するレウからセリナに向き直ると、ニーナは首を傾《かし》げた。

「レウが作ってるなら、教室は必要ないのでは？」

「もう〜、話聞いてた？　ニーナちゃんのお菓子を作るの」

「いや、いりませんから」

「ニーナちゃん、ストイック過《す》ぎ〜。それだと同性からしか人気でないぞ」

ニーナの反応《はんのう》に、セリナは面白くなさそうだ。だが、セリナのノリにいつも付き合っていては体がいくつあっても足りない。

用意されている朝食に取りかかることで、ニーナはセリナの話を聞き流そうとした。

「気になる新入生ちゃんがいるんでしょ？　あのエースくん。お菓子あげたらよろこぶんじゃないの？」

ニーナの脳裏《のうり》にレイフォンの姿《すがた》が浮《う》かんだ。

「あいつ、甘《あま》いのは好きじゃないと言っていたような。それに、わたしよりもあいつの方が料理は上手ですし」

「料理の苦手な先輩《せんぱい》が頑張《がんば》って作ったお菓子！　傷《きず》だらけの指先！　いつものクールな感じにちょっとしたテレ！　最高よねー」

「理解不能《りかいふのう》です」

本当に理解できない。ニーナはレウに倣《なら》って早々に朝食を済《す》ませると授業《じゅぎょう》に向かうために自室へと戻《もど》る。

「午前の授業潰《つぶ》せば、間に合うよー」

「さぼりません」

あくまでも冷静にあしらい、自室に入ったニーナは用意しておいた鞄《かばん》を取り、学校へと向かう。セリナは出かけない。どうやら午前の授業がないから、暇《ひま》つぶしにニーナを巻《ま》きこもうとしていたようだ。

(まったく、迷惑《めいわく》な)

ニーナはレウに付き合って路面電車に乗る。寮《りょう》が僻地《へきち》にあるため、最初は人が少ないのだが、しばらくすると混雑《こんざつ》してくるようになる。

けたたましい雑談《ざつだん》の音が塊《かたまり》になってニーナの耳に飛び込んでくる。

ここ数日、バンアレン・デイの名前をよく耳にしていたが、今日は逆《ぎゃく》にその話題を話しているものは少ない。むしろ、今日という一日がどういうものか共通認識《にんしき》となってしまったがために、その名前を口にする必要がなくなってしまったのではなかろうか。女生徒たちのグループだけでなく、男子生徒のグループからも今日のことをほのめかす会話が、切れ切れに聞き取れる。

「ねぇ、ほんとに誰《だれ》にも渡《わた》さないの？」

「ああ」

レウにも確認され、ニーナは頷《うなず》いた。

（まったく、よくわからないな）

お菓子を渡すのが、どうしてそこまで重要なのだろう？

なんだかそわそわとしているレウを隣《となり》に、ニーナはそんなことをぼんやりと考えながら電車を降《お》りた。

スイート・デイ・スイート・ビフォア

思わず零《こぼ》れる鼻歌は意識《いしき》してのものではない。

気が付くと歌っていて、我《われ》に返ってそれを止《や》め、そして気がつけばまた鼻歌を歌ってしまっている。

「うわっ、甘っ！　空気が！」

その声にメイシェンが振り返ると、リビングにミィフィの姿《すがた》があった。編集部のバイトから帰って来たのだ。

「あ、おかえり」

「メイっち、また作ってるの？　てかまだ決まらないわけ？」

「だって……」

ミィフィの呆《あき》れた顔に、メイシェンは困《こま》ってしまった。

もうすぐバンアレン・デイだ。

好意を寄《よ》せる人にお菓子を贈ることでその意思を表明する。そんな習慣《しゅうかん》が他の都市から流れてきて定着しているとメイシェンの働く喫茶店《きっさてん》で教えられた。お菓子作りの好きなメイシェンは、店の人にバンアレン・デイ用の特別メニューのアイディアを求められた。

それからずっと、メイシェンは部屋に戻ればこうしてお菓子を作っている。

「だって、せっかく声をかけてくれたのに」

バイト先の料理のおいしさに惹《ひ》かれてあそこで働くことに決めたのだ。その店の厨房《ちゅうぼう》の人たちにアイディアを求められたというのは、自分のことを認めてもらえたようで嬉《うれ》しい。

これで、メイシェンの作ったお菓子を気に入ってもらえれば、晴れて厨房で働けるようになるかもしれないのだ。

「いや、いいんだけどね」

テーブルに並《なら》んだ試作品をつまみ食いしながら、ミィフィは難《むずか》しい顔をした。

「……なに？」

「いや、それで……どれをレイとんにあげる気？」

「……え？」

「……忘《わす》れてた？」

茫然《ぼうぜん》とするメイシェンに、ミィフィは呆れた顔をした。

「う、ううん。忘れてたわけじゃないよ。でも…………渡すの？」

「いや、ないでしょ。メイっちがこんなに堂々と意思表示できるチャンス」

「あ、うう……」

それは、そうかもしれないのだけど。

その日から、メイシェンの作るお菓子の数がさらに増《ふ》えた。

ア・デイ・フォウ・ユウ01

行く先々で目に付くその言葉に、フェリは無表情《むひょうじょう》に言い放った。

「バカバカしい」

バンアレン・デイと名付けられた日がある。他所《よそ》の都市の風習で、ツェルニにとってはなんの関係もないのだが、去年、製菓《せいか》関係の店を開いている連中がその風習を知り、合同でキャンペーンを行った。キャンペーンは見事に成功したらしい。

そして今年。

〝バンアレン・デイ〟と大きく書かれたポスターがいくつも、そこら中に貼《は》り巡《めぐ》らされている。

それらのポスターには他に、

『気になるあの人に』

だの、

『甘《あま》い気持ちを乗せて』

だの、

『隠《かく》し味はわたしの気持ち』

だの、

『ちょっぴり大人の時間を君と』

だの……喫茶店《きっさてん》、製菓関係の店だけではない、飲食店にもそれらのポスターが少し前から貼り出され、宣伝《せんでん》されている。

バンアレン・デイ……気になる異性にお菓子を贈《おく》ることがそのまま自分の気持ちを示《しめ》すことになるという特別な日。

もちろんそれは、その風習の元となった都市での話だ。

ツェルニは、関係ない。

関係ないのだが、恋愛《れんあい》にもっとも興味《きょうみ》を示す時期の青少年たちが集まってできているのが学園都市だ。流行に火をつけるのはとても簡単《かんたん》なことだったろう。

「バカバカしい」

フェリはもう一度呟《つぶや》いた。

学校からの帰路、夕食をどうしようかと考えながら歩いているとそんなポスターばかり目に付いて、うんざりとしていた。

みんながみんな、商業科の連中が売り上げ向上のために仕立て上げた宣伝戦略《せんりゃく》に乗せられている。

大体にして気に入らないのが、総《そう》じてキャンペーンが謳《うた》っている男女のやり方の違《ちが》いだ。

喫茶店、あるいはレストランなどの飲食関係は男性向けに広告を打っている。対して女性向けに宣伝を行っているのは一部の製菓店と本屋、そして食材店だ。

男性にはバンアレン・デイ限定《げんてい》特別メニューを予約して女性を誘《さそ》うよう主張《しゅちょう》しており、対して女性にはお菓子の作り方教室など菓子作りのハウツーを宣伝している。

男は金をかけ、女は手間をかけろと言いたいわけだ。

（バカにして）

今度は言葉にはせず、フェリは怒《いか》りの視線《しせん》をすぐ近くにあった食材店に向けた。

手間をかけてすぐに美味《おい》しいものができるのなら苦労はしない。

そして男に金をかけさせて済《す》むのなら苦労はない。

（まったく……）

気が回らないどころか、街中《まちじゅう》に貼られているポスターがまるで見えていないかのごとくに暮《く》らしているどこかのバカのことを思い出して、フェリはこっそりとため息《いき》を吐《つ》いた。

と……

「ふう、買ったね～」

のほほんとした声が姿《すがた》と一緒《いっしょ》にその食材店から吐《は》き出された。

声のまま、のんびりとした面持《おもも》ちの女性だ。発言の割《わり》に小さな紙袋《かみぶくろ》を片手《かたて》で抱《かか》えているだけなのだが、表情には満足げなものがある。

いや、フェリの視線が縫《ぬ》いとめられたのはその背後《はいご》。

「……で、これは寮《りょう》の食料としては多すぎると思うんですけど？」

不満げに両手にはちきれんばかりになった買い物袋を提《さ》げた女性《じょせい》が付いている。

ニーナだ。

「だ～って、せっかく公然と試食《ししょく》を押し付けられる日なんだもん。色々作ってみたいじゃない」

振り返らず、女性は暢気《のんき》に言い放った。頭痛《ずつう》がするかのようにニーナが顔をしかめている。

「……セリナさん、なにか勘違《かんちが》いしていませんか？」

「な～にも～」

気になる異性《いせい》に愛の告白《こくはく》……そんなバンアレン・デイの趣旨《しゅし》を無視しきっているのはフェリの目にも明らかだった。

「どんなの作ったって目の前で食べてくれるんだから、色々実験できるよね～」

「セリナさん……」

どうやら、食べ物を使ったなにかの実験をするつもりのようだ。制服《せいふく》が錬金科《れんきんか》なので、それは間違いないだろう。

「残念なのはハトシアの実が入荷してなかったことよね～。どっかの店が生産依頼《いらい》したっていうから、市場にも流れてると思ったのに……栽培《さいばい》に失敗でもしたのかしら？」

「怪《あや》しげなものを」

「全然そんなことないよう。美味しいって話だよ。ただ、一度乾燥《かんそう》させてからある溶液《ようえき》で戻《もど》すと、人を興奮《こうふん》させる作用が出るとか聞いてたから、使ってみたいな～って……」

「十分怪しいじゃないですか」

「でも、使い方さえちゃんとしたら滋養強壮《じようきようそう》、疲労回復《ひろうかいふく》、食欲増進《しょくよくぞうしん》とか、色々いい効果《こうか》があるのよ」

「どこの栄養《えいよう》ドリンクですか……」

「ま～、それはまた別の機会で試《ため》せばいっか～。大丈夫《だいじょうぶ》よ～。ちゃんとニーナちゃんがプレゼントできるように教えてあげるから」

「いや、わたしはそんなことをするつもりは……」

「だ～め、同じ小隊の彼にあげないとだめでしょう？」

「いえ、ですから……」

そこから先、どんな会話が繰《く》り広げられたのか、足を止めたフェリには聞こえなかった。

フェリはニーナの狼狽《ろうばい》する姿が行きかう人波に掻《か》き消えるまでその場に立ち止まり、そして、新たな敵《てき》を発見した目で食材店を睨《にら》み付けた。

†

ゴツゴツという音がしていた。

「フェリ、なにごとだい？　これは……」

部屋に戻《もど》った途端《とたん》に鼻腔《びこう》を襲《おそ》った異臭《いしゅう》に、カリアンはハンカチを当ててキッチンに入った。

妹がキッチンに立っている。

それだけで、すでに事件《じけん》だ。

ハンカチを通り抜《ぬ》けて再《ふたた》び嗅覚《きゅうかく》を貫《つらぬ》いていった刺激《しげき》臭にカリアンは眉根《まゆね》を寄せた。

ゴツゴツという音をさせていたのは鍋《なべ》だ。なぜに鍋から、そんな土と土をぶつけ合わせるような音がしているのか。

料理をしないのは兄妹《きょうだい》一緒だが、さすがにそんな音が料理中に出るとは信じられない。

「フェリ……？」

「静かに」

鍋を見つめるフェリの瞳《ひとみ》は真剣《しんけん》な光を帯《お》びていた。カリアンは質問《しつもん》を止《や》めざるをえない雰囲気《ふんいき》に息を呑《の》んだ。

「もう少しで……」

片手に握《にぎ》った時計と鍋を交互《こうご》に睨《にら》み、そして小瓶《こびん》の液体《えきたい》を数滴《すうてき》落とす。

液体が気化する音が新たに混《ま》じり、刺激臭が変化した。

「できた……」

「な、なにが……だい？」

黒味を帯びた煙《けむり》が鍋から上がっている。換気扇《かんきせん》が吸《す》い込《こ》みきれないのか、キッチン全体に黒い靄《もや》が発生していた。

慎重《しんちょう》な手つきで鍋から引き上げられたそれは、やはりと言おうか黒焦《くろこ》げの、なかば炭化した物体だった。

「兄さん、味見をしてください」

皿にのせたそれをキッチンナイフで切り分け、小皿にのせるとカリアンの鼻先にずいと差し出した。

「む……」

「味見をしてください」

繰《く》り返す。淡々《たんたん》とした言葉には有無《うむ》を言わせぬ強さがあった。カリアンは数歩後退《あとずさ》り、そこから足を動かせなくなった。

「少し待ってもらえないかね。そうっ！　思い出した。生徒会室にやりかけの仕事が、緊《きん》急《きゅう》だったんだよ、あれは……」

自分の言葉で自分を後押《あとお》しし、やっと足が動く。謎《なぞ》の刺激臭を放つ黒い謎物体から逃《に》げるために、カリアンは高速で回れ右をした。

が、またも足が止まった。

いつのまにやらカリアンの周囲を無数の念威端子《ねんいたんし》が囲《かこ》んでいる。

「味見を……」

振り返れば、銀髪《ぎんぱつ》を輝《かがや》かせたフェリが立っている。

持て余《あま》した念威を制御《せいぎょ》もせずに垂《た》れ流している。復元鍵語《ふくげんけんご》もなしに、念威だけで錬金鋼《ダイト》を復元させたというのだろうか？

「その才能を別の場所でいかんなく発揮《はっき》してくれると、大変嬉《うれ》しいのだけどね」

「味見を」

そんな言葉などまるで聞く耳持たず、ずいと小皿を押し付けてくる。謎の暗黒物質が放つ異臭《いしゅう》に、カリアンは目をそらした。

バンアレン・デイ。

ついさっきまで特に気にもしていなかったその名前が、この瞬間《しゅんかん》、脳裏《のうり》に浮《う》かび上がった。

(な、なんということだ……)

去年は、商業科が行ったキャンペーンを冷ややかに聞き流していたフェリであったのに、今年はそうではないらしい。

他人に興味《きょうみ》を抱《いだ》かない妹が異性として誰《だれ》かを気にしている。寂《さび》しいことであり、嬉しいことでもある。

いま、こんなものを食えと迫《せま》られてさえいなければ。

(覚えていたまえよ。レイフォン君)

「さあ……味見を」

「ぐっ、うう……」

フェリがフォークでその物体を突《つ》き刺《さ》す。表面の炭化した部分がその圧力《あつりょく》でぼろぼろと剝《は》がれ落ちていく。

必死に閉《と》じた唇《くちびる》に押し付けられる。

逃げられない。周囲は虫の入り込む隙《すき》もないほどに念威端子に囲まれている。帯電しているのか光を放っている。念威爆雷《ばくらい》か？　こんな近距離《きんきょり》で爆発すればフェリ自身、無事では済《す》むまいに、そんなことすら考慮《こうりょ》に入れられないほどにカリアンに味見を迫っている。

(覚悟《かくご》を決めるか……)

そう。この一口を済ませれば終わりだ。どれだけ恐《おそ》れようともそこに使われた材料は人の口に入ることを考慮されたものであるはずだ。中には特殊《とくしゅ》な資格《しかく》が必要となる食材があるにはあるが、そんなものを手に入れるツテを妹が持っているはずがない。

(味はどうであれ、食べられるはずだ！)

そう信じて、カリアンは口を開いた。

舌《した》の上でその物体がごろりと転がる。

「ふがっ、ごおっ！」

自分でも制御《せいぎょ》できない言葉が口から吐き出された。脳天《のうてん》を衝撃《しょうげき》が突き抜けていく。気を失いかけ、カリアンはテーブルに手をかけた。口の中でいまだになにかが弾《はじ》け続けている。弾ける小さな刺激《しげき》を感じるたびに口の中で味が薄《うす》まっていく。いや待て違う。これは……味覚《みかく》が、舌《した》にある味蕾《みらい》が一つずつ崩壊《ほうかい》しているということではないのか!?

味覚が失われるのはたまらない。カリアンは慌《あわ》てて冷蔵庫《れいぞうこ》を開けると紙パックのミルクを掴《つか》み、一気に口内に残る味覚破壊兵器《はかいへいき》を胃《い》の奥《おく》に流し込んだ。

「はぁ、はぁ……」

舌の上にある味蕾は一万個ぐらいだという……今のあの瞬間で一体どれだけ失われたのだろうか……？　考えると身体《からだ》が恐怖《きょうふ》で震《ふる》えた。

「……どうやら、失敗のようですね」

フェリの淡々《たんたん》とした声が荒《あら》い息を吐くカリアンの頭部に投げかけられた。

「では、次の味見を」

言うや、フェリは次の料理を出してきた。

「なん……だって？」

額《ひたい》に、背中に、溢《あふ》れ出ていた汗《あせ》が一気に冷えた。

バンアレン・デイ。

気にもしていなかったその名前が、今日この瞬間、恐怖の記《き》憶《おく》を刻《きざ》む呪《のろ》われた名称《めいしょう》となった。

†

朝が来た。

清掃《せいそう》サービスを呼ばなければいけないほどに荒《あ》れ果《は》てたキッチンという名の戦場から出ると、フェリはシャワーを浴《あ》びて戦いの疲れを洗《あら》い落とした。

予備《よび》の制服に袖《そで》を通すと、頭に巻《ま》いていたタオルを外し、髪《かみ》を乾《かわ》かす。癖《くせ》が付きやすい髪を丹念《たんねん》にブラシで梳《と》かし、鏡《かがみ》で自分の姿を確《たし》かめる。

問題なし。鞄《かばん》を摑《つか》み、部屋を出た。

リビングのテーブルには昨夜からの戦いの成果がある。掌《てのひら》にのるような小さな箱はラッピングされ、リボンが巻かれている。形が崩《くず》れないように慎重《しんちょう》に鞄に収《おさ》めると、兄の部屋を見た。

「では、行ってきます」

「……がんばりたまえ」

うめくような返事がドアの向こうから返ってくる。声が荒れている。徹夜《てつや》で風邪《かぜ》でも引いたのだろうか？　日頃《ひごろ》の運動が足りていないから、身体が弱いのだ。

「だらしない」

「……すまないが、今日は休むと伝えてくれないかな？」

「わかりました」

した。

「頼《たの》むよ」

それきり、兄の部屋からは物音がしなくなった。

気にすることもなくマンションを出る。

徹夜明けに朝の日差しはきつい。フェリは目を細め、光に慣《な》れるまでその場で立ち尽《つ》くした。

（さて、問題は……）

細めた目で白々とした朝の光景を眺《なが》めながらフェリは考えた。

物は仕上がった。予想以上に時間はかかったが、それは睡眠《すいみん》時間を削《けず》ることで解決《かいけつ》した。

どう渡す？

それこそが、問題だ。

そもそも、レイフォンとは学年が違う。学年が違うと教師役《きょうしやく》でもやっていないと他学年の生徒と会う機会が少ない。

なにしろ、都市一つが学生のためにあるのがツェルニという場所なのだ。校舎《こうしゃ》の数も半端《はんぱ》ではない。

レイフォンと確実《かくじつ》に会う機会があるとすれば小隊の訓練《くんれん》時だ。放課後《ほうかご》になれば、放《ほう》っておいても練武館《れんぶかん》にやってくる。

（その時を狙《ねら》うしかありませんね）

ようやく目を開けていられるようになり、フェリは歩き出した。

しかし……

どのタイミングで渡す？

次の問題だ。

練武館に来てすぐ……だめだろう。きっとフェリよりも早くニーナが来ているに違いない。なにより目障《めざわ》りなのはシャーニッドだ。あのお調子者に見つかりでもしたら、なにを言われるかわからない。

（それなら、知らない誰かに見られた方がまだマシですね）

顔見知りに渡す場面を見られるぐらいならば、名前も知らない赤の他人に見られた方がいい。

そうなると一年校舎《こうしゃ》に行かなくてはいけなくなる。

行けばいい。授業の合間か、昼休みにでも行って渡す。そんなに時間のかかることでもないだろう。

（ふむ……それでいき……）

いや待て。

はたと結論《けつろん》付けようとした思考を止めた。足は止めない。ゆったりと前を見つめて歩き続けながら、止めた思考を再開《さいかい》させる。

一年の校舎に行く。それはいい。レイフォンがそこにいるのだ。練武館で渡そうとすれば顔見知りに、特にシャーニッドに見られてしまう。それは嫌《いや》な予感がするので避《さ》けたほうがいい。

なら、一年校舎。それがさきほどの結論だ。

そこで警告《けいこく》が走ったのだ。

(待ちなさい、フェリ。なにかを忘れています)

自分に言い聞かせ、なぜ危険《きけん》を感じたのかを考える。

一年校舎には誰がいる？　レイフォンがいる。だが、それだけではない。

そうだ……彼女がいる。

(メイシェン・トリンデン……！)

その人物を思い出し、フェリは天を仰《あお》いだ。

あの、おどおどとした擬態《ぎたい》で男をたぶらかす悪女がいる。料理の腕《うで》を武器《ぶき》に家庭的な面をとことん強調するあいつがいる。

(なんてこと……)

レイフォンのいる教室にはあの娘《むすめ》がいる。あの娘を守る二人の女がいる。渡そうとすれば必ずあの三人の目に留《と》まることは間違いない。自分がもらったものを他人に見せびらかすような真似《まね》をレイフォンがするとは思えないが、あの三人の好奇心《こうきしん》に押《お》し切《き》られたらどうなることか。

レイフォンの押しの弱さは一級品だ。見られるに違いない。

そうなれば、どうなる？

メイシェンにお菓子を見られてしまうということだ。料理にかけてはフェリよりも格段《かくだん》に優《すぐ》れているメイシェンに……

（くっ……）

なんということだろう。

（校舎内には人の視線が多すぎます）

絶望的な状況《じょうきょう》に、フェリは暗澹《あんたん》たる気分になった。

そのまま、いい考えが浮かばないままに学校に辿《たど》り着いてしまう。

教室には前日からのそわそわとした雰囲気がより明確に現れていた。男子連中はいつもよりも大きな声で雑談《ざつだん》していたり、逆《ぎゃく》に一人を好んで自分の席でじっとしている。女子は声を潜《ひそ》めて自分たちの輪の中で会話を交《か》わしたり、さりげなさを装《よそお》ったつもりの自己《じこ》主張を行っている男子たちに視線を送ったりしている。

教室中に油断《ゆだん》のならない雰囲気が濃密《のうみつ》にたちこめ、フェリはこっそりとため息を零《こぼ》した。

昨日の夕方まではこの雰囲気を軽蔑《けいべつ》していたというのに、いまやその仲間入りだ。自分の変節ぶりに脱力《だつりょく》して、フェリは級友たちに力なく挨拶《あいさつ》を返すと机《つくえ》に突《つ》っ伏《ぷ》した。

（しかし、ここまできて引き下がるのも、腹立《はらだ》たしいですし……）

どうすれば、人目をなくした状態で渡すことができるか。フェリは頭を悩《なや》ませ続けていた。

「あの、ロスさん」

名前を呼《よ》ばれ、フェリは我《われ》に返って頭を上げた。

「はい？」

すぐそばに見慣《みな》れない女生徒が立っている。制服は兄と同じ司法研究科だ。

ということはこの教室の学生ではなく、しかも上級生ということになる。

「なんでしょう？」

「あの、今日、カリアン君がいないんだけどどうしたのかな？　いつもなら授業前に生徒会室に来てるんだけど、教室にも来た様子がないし……」

「ああ、兄なら……」

そういえばカリアンに伝言を頼《たの》まれていたことをすっかり忘れていた。

「体調を崩《くず》したので今日は休むそうです」

「え、そうなの？　彼が休むって、そんなひどいの？」

女生徒はひどく狼狽《ろうばい》した様子で聞いてくる。

「どうでしょう？」

ただの睡眠《すいみん》不足だと思うのだが。

「そうね……カリアン君、普段《ふだん》から無理して生徒会の仕事してるから疲《つか》れが出たのかも」

そう思うのだが、目の前の女生徒は勝手に推測《すいそく》している。止める気力もなくフェリは彼女の推理を放置した。

「ねぇ。カリアン君と一緒に暮らしてるんだよね？　看病《かんびょう》しに行きたいんだけど、いいかな？」

そんな彼女の申し出にフェリは目を丸くした。

「あ、迷惑《めいわく》？」

珍《めずら》しく表情に出たらしい。

「あ、いいえ。かまいません。住所はわかりますか？」

「うん。それは大丈夫《だいじょうぶ》」

「では、ご自由にどうぞ」

「ありがとう」

にっこりと笑うと、名前も知らない上級生は教室を出て行った。

「なるほど」

その背を見つめて、フェリは一人納得《なっとく》した。

つまり、二人きりになれる状況がないのなら、そうなる状況にしてしまえばいいのだ。

昼休憩《きゅうけい》。フェリは校舎の屋上にやってきた。屋上は普段《ふだん》から開放《かいほう》されているとはいえ、ベンチが置かれている程度《ていど》のこの場所はあまり人気がない。すぐそばにはもっと見晴らしのいい公園があるし、あらかじめ昼食を用意していなかった生徒はわざわざ手間をかけてまでこの場所に来ない。

が、今日はやはりいつもと違う。

離《はな》れた位置にそれぞれ配置されていたベンチは全《すべ》て埋《う》まっていた。カップルだ。手作りらしき弁当《べんとう》を楽しそうに語らいながら食べている二人の間には、お菓子が置かれている。

「くっ」

フェリはそんなカップルたちの視界に入らないよう、出入り口の陰《かげ》に隠《かく》れなければならなかった。

錬金鋼《ダイト》を復元し、念威端子《ねんいたんし》を放つ。

目指す場所は一年校舎。

だが、教室にレイフォンの姿はなかった。

「まったく、なにをしてるんです」

苛立《いらだ》ちながら、フェリは範囲《はんい》を広げる。情報を処理《しより》する目まぐるしい思考の渦《うず》の片隅《かたすみ》で、メイシェンの手作り弁当を食べているレイフォンの姿が浮かんだ。

以前、気晴らしに念威端子を飛ばしていて、そんな映像《えいぞう》を拾《ひろ》ったことがある。まさか今日もと思いながら探《さが》していると、当のメイシェンを先に見つけてしまった。

彼女と幼馴染《おさななじみ》だとかいう騒《さわ》がしい娘の二人だけで昼食を摂《と》っている。

レイフォンはいない。

ならばどこに？　一緒でないことに安堵《あんど》してフェリはさらに範囲を広げる。

（まったく……）

レイフォンと知り合ってから口癖《くちぐせ》になってしまったこの言葉がまた出てきて、フェリは思った。

（わたしは、どうしようもない男に振り回されているのかもしれません）

そう思っても探すのを止めることができない。フェリはため息を吐きそうになりながらレイフォンの姿を探した。

（いた）

やっと見つけた。

ほっとした気持ちで状況を確認《かくにん》する。

レイフォンは一人でいた。ただ、周囲にはやや緊迫《きんぱく》した空気が漂《ただよ》い、フェリの他にも念威が周辺に満ちていた。倉庫区だ。ツェルニで生産された食糧やその他が保管《ほかん》されている地区で、レイフォンは辺りの様子を窺《うかが》いながら身を隠している様子だった。

「フォンフォン？」

（うわっ！　……フェリ？）

慌《あわ》てて口を押さえて周囲を窺ったレイフォンは、恐《おそ》る恐ると聞き返してくる。

「なにをしてるんですか？」

（都市警《けい》のバイトですけど……）

声を潜《ひそ》めた返答に、フェリは一瞬眉《まゆ》を曇《くも》らせたが、すぐにチャンスだと考え直した。

（そこなら、二人きりになれるかも）

倉庫区という人気のない場所だ。問題なのは念威繰者《そうしゃ》がいるということだが、フェリが協力を申し出れば、レイフォンの担当《たんとう》になれる可能性《かのうせい》は高い。

「都市警の……？　今度はなんです？」

《えと……ですね。違法酒がらみの事件なんですけど》

「またですか？」

《今度は別のものなんですよ。材料が見つかって、それが狙《ねら》われてるようなんで犯人《はんにん》をおびき出そうとしてるんですけど……なんだか他にも変な連中がいたりして、なにがなんだか……》

それで、一人であんな場所にいたのか。

それなら、フェリが協力を申し出てもおかしくないかもしれない。

「なるほど、手伝いましょうか？」

《え？》

「……なんですか？」

なんだか、レイフォンの声は意外というよりも、それはまずいという雰囲気があった。

予想と違ってフェリはむっとして聞き返した。

「わたしが手伝ってはダメなんですか？」

《そ、そういうわけではなくてですね。あの、なんて言うか、今回はちょっと特別な事情があったりなかったりするから、僕《ぼく》の一存《いちぞん》じゃどうにもならないなぁって……）

「ぐだぐだと……なんですか？　あの以前に見た上級生に掛《か》け合《あ》えばいいんでしょう？」

（そういうことじゃなくてですね……）

「では、なんだって言うんですか？」

（あ、ちょっと待ってください）

他の念威がレイフォンに語りかけ、フェリはむっとして押《お》し黙《だま》った。

（すいません、え？　うわっ、本当ですか!?）

いきなり、レイフォンが悲鳴を上げた。

（ああもう……）

「どうしました？」

（すいません、ちょっと急いでますんでこれで。……あ、今日の訓練《くんれん》行けそうにないって伝えておいてください！）

小声でそう言うや、レイフォンが高速でその場所から飛び出していく。

「あっ！」

まだレイフォンの周囲に端子が配置しきれていない。追いかけることができず、あっというまに見失ってしまった。

「もう……」

念威の範囲からするりと抜けられてしまった感覚に、フェリまで脱力《だつりょく》してしまう。

「人が苦労してるっていうのに……」

普段《ふだん》ならイラっと来てしまうのだが、今日はなんだかそういう気持ちにはならなかった。

「はぁ……」

徹夜《てつや》の疲れがいきなり出てきたみたいに体が重い。吐き出した息と一緒に、突き動かしていたなにかまで抜け出してしまった。

†

昼休憩も終わりが近づき、フェリはとぼとぼと教室に戻った。フェリのいない間にバンアレン・デイの戦いはいくつか決着を迎《むか》えたらしい。明らかに機嫌《きげん》の良い男子とそうでない男子とに分かれている。男子から女子にお菓子を贈るのは、そのほとんどが店を予約する段階《だんかい》で決着が付いているので、そちらはまた別の空気が支配《しはい》していた。

「うっ……」

ドアのすぐそばの席からうきうきとした話し声が聞こえてきて、フェリは立ちすくんだ。いままでなら「興味《きょうみ》なし」と冷たく撥《は》ね除《の》けることができた空気に、逆に押しのけられている自分を感じて、フェリは情《なさ》けない気持ちになる。

「くう……」

まっすぐ歩けばいい場所をあちこちの空気に押されてよたよたと進み、なんとか自分の席にたどり着く。

『はあ……』

やれやれ……と吐き出したため息が重なり、フェリは思わず顔を上げた。そういえば、この周辺は居心地《いごこち》が悪くない。

顔を上げると、隣《となり》の席の女生徒と目があった。

「あ、こんにち……は…………」

挨拶《あいさつ》すら最後まで言えず、その女生徒は再《ふたた》びうな垂《だ》れてうつろな目で机《つくえ》を見つめ始める。

フェリをも圧倒《あっとう》する挫折感《ざせつかん》に、思わず自分のことを忘《わす》れて尋《たず》ねた。

「どうしたんですか？」

彼女の名前はエーリ。艶《つや》やかな長い黒髪《くろかみ》の持ち主で、外見はそれほど悪くないと思うのだが、普段からどこか暗いところがあるのでクラスでは浮いている。同じく他のクラスメートとあまり交流を持たないフェリと揃《そろ》って変わり者扱《あつか》いされている。

「ふ、ふふふ……」

机を見つめたまま、エーリは乾《かわ》いた笑い声を漏《も》らした。

「お菓子をね、失《な》くしてしまったんです」

ぽつりとエーリがそう言った。

「え？」

「ふふふ……何度も何度も作り直して、徹夜までしたお菓子をね。ふふ、ふふふふふ……」

「それは、なんと言っていいか……」

「ふふふ、いいんですよ。どじな私が悪いんです。ふふふ………今日ぐらいはと、思ったんですけどね」

最後に乾いた笑いを止めて呟《つぶや》く。

「あ……」

「ふふふ……情けない話です」

エーリにもお菓子を渡したい人がいるのだ。

「気を落とさないでください。それに、今日でなくても機会はありますよ」

「いいえ」

フェリの慰《なぐさ》めに、エーリは首を振った。

「私みたいなのが勇気を出せるのは、今日しかありません」

「そんな……」

「私のこの性格が、男性の方々に好まれないのはよくわかっています。私も直したいとは思うのですが、なかなか………。それでも、今日ぐらいならと思ったのですが……」

エーリはため息を吐《つ》くと黙《だま》り込《こ》んでしまった。

上級生がやってきて、授業が始まる。

授業の時間をフェリは黙ってやりすごした。そうしながら、エーリの様子を見る。時々、ため息を零しては机の代わりに教科書にうつろな視線を落としている彼女を見ているとフェリは自分にもその気持ちが移《うつ》ってくるのがわかった。

(このままでは、いけません)

自分に伝染《でんせん》してくる負けな気分を吹き飛ばそうと、フェリは「よし」と頷《うなず》いた。

「エーリさん」

授業が終わると、フェリは片付けもそこそこに話しかけた。

「……はい？」

気分が滅入《めい》ったままのエーリは反応《はんのう》が遅《おそ》い。

「行きますよ」

ゆっくりと首を傾《かし》げるエーリの手を掴《つか》むと、強引《ごういん》に教室の外に引っ張り出した。

「え？　え？　え？」

フェリよりも頭一つは高いエーリを転げそうにしながら校舎の外に出る。

「あの、なにを……？」

「あなたが落としたものを探しに行くんです」

「え？　でも授業が……」

「聞いてもない授業に意味なんてありません。あそこでぼんやりとしていたって時間の無《む》駄《だ》です」

「でも……」

「……エーリさん」

授業の時間が近いこともあって、辺りには人気はない。フェリは引っ張るのを止めるとエーリと向き合った。

「このまま、渡せないまま終わって満足ですか？」

「それは……」

「わたしは、嫌《いや》です」

「え？」

「わたしは、嫌なんです。でも、あなたを見ていると諦《あきら》めてしまいそうになりますから、あなたにも諦めてもらいたくないんです」

「……私、無茶《むちゃ》言われてます？」

「どうせ、あのままなら諦めているんです。それなら、わたしが失敗しないためにも協力してください。さあ、とりあえず、今日の行動を最初からやり直してみましょう。あなたの部屋はどこですか？」

「ふふ、やっぱり無茶を言われてます」

エーリが暗く笑って、フェリの後に続いた。

エーリが住んでいるのは平均《へいきん》的なワンルームだった。

平均的といっても、そうらしいということを知っているだけで、実際に足を踏《ふ》み入れたのは今日が初めてだった。ドアを開けてすぐの廊下《ろうか》に小さなキッチンがあり、その奥《おく》に寝《ね》起《お》きする部屋がある。

全体的に暗い印象《いんしょう》のある部屋を見回して好奇《こうき》心《しん》を満足させると、エーリと向かい合った。

「……それでは、今日の行動を再現しながら探してみましょう」

「それはいいのですけど……でも、ちょっと思ったのですけど」

「なんですか？」

「フェリさんは念威繰者なのですから、私の落としたお菓子を念威で探してくだされば手っ取り早いのではないですか？」

「念威繰者が失《う》せ物探しをしたなんて話、聞いたことがありますか？」

フェリはため息とともに呟いた。

「そういうプライドの話はとりあえず置いておくとして、やってもらえません？」

「そういうことではないんです」

武芸者の誇《ほこ》りの問題だと思ったらしいエーリに説明することにした。

「念威繰者にとって念威とは五感そのものですが、ただ、それ以外にも電磁波知覚《でんじはちかく》、赤外線《せきがいせん》知覚など、人にはない知覚も備《そな》え、それらをあわせて多角的に情報《じょうほう》を収集することができます」

「ははあ」

わかっているのかどうか、よくわからない顔でエーリが頷《うなず》いている。

「念威繰者は端子を介《かい》して念威を広範囲《こうはんい》に散布《さんぷ》し、そこにある情報を知覚します。ですが、その膨大《ぼうだい》な量は普通《ふつう》の人間の処理能力《しょりのうりょく》では賄《まかな》いきれません。念威繰者の脳細胞《のうさいぼう》は普通の人よりも強化されてはいますが、だからといって大量の情報を、しかも人の表現にあるアバウトさを基本《きほん》に処理することはできないといってもおかしくないのです。だからこそ目的物の詳細《しょうさい》がはっきりとしていないときは電磁波や赤外線などに収集情報を限定《げんてい》するのです」

「えー……っと、つまり？」

やはり、よくわかっていないようだ。

「ですから、あなたが用意したお菓子の正確な成分表があり、さらにそれを入れた箱にはなんの素材《そざい》が用いられているか、同様にラッピングに使った紙の素材、模様《もよう》パターン、どのような折り方をしたか、さらにリボンを使ったのか、使ったのならばそれの……と、これらのことを正確に覚《おぼ》えていらっしゃるのなら、探すことはそれほど難《むずか》しくはありませんが……そうではないでしょう？」

「え、ええ……」

「わたしの記憶《きおく》の中にそれがあれば、話はまだ簡単《かんたん》なのですが、そうではないですし。……あなたの説明がわかりやすく、それを基本に探したとして、普段ならば見つかる可能《かのう》性《せい》がないでもなかったんですが」

「なかったんですが？」

エーリの瞳《ひとみ》が期待に輝《かがや》く。フェリは目を閉《と》じて答えた。

「今日という日が災《わざわ》いしてますね。同じようなものはたくさんあるでしょうから」

「あ……」

エーリも理解《りかい》してくれたようだ。

バンアレン・デイに向けてプレゼント用の箱やラッピングセットが大量に売りに出されていた。エーリもそれを買った口なのだろう。フェリもそうしたからよくわかる。

「ですから、どうやってでも自力で探さなければいけないんです。わかりましたか？」

「ふふふ……絶望《ぜつぼう》的な気分になりました」

「ほら、では始めますよ。まず、起きた時には……」

再びうつろに笑い出したエーリに、フェリはむりやり尋問《じんもん》めいた質問を始めた。

失《な》くしたのは部屋を出てから教室に入るまでの間……それは確かだ。

鞄に収めたお菓子が一人でどこかに行くわけがない。また、エーリは簡単に落ちないように気をつけて鞄に入れたという。

なら、その鞄になにか異変が起きなかったか？

「で、ここなんですね？」

「ええ」

エーリが頷く。

二人は部屋を出ると最寄《もよ》りの停留所《ていりゅうじょ》に向かう道を進み、白いもやに包まれた湧水樹《ゆうすいじゅ》の森を突き抜ける一本道で足を止めた。

ここは都市の各所にある浄水場《じょうすいじょう》の一つだ。下水道からの汚水《おすい》はこの森の地下にある貯水《ちょすい》池《ち》に流れ込み、貯水池に下ろされた湧水樹の根から吸い上げられる。湧水樹の根が濾過《ろか》を行い、さらに残った汚《よご》れは根に住むバクテリアが分解し栄養価《えいようか》の高い土壌《どじょう》に変えるため、定期的に生産区の土と交換《こうかん》が行われる。

湧水樹はその名の通り、幹《みき》にある洞《うろ》のような穴《あな》から余分《よぶん》な水を吐き出す。その水は用水路を通って地上の池に溜《た》まり、そこからさらに機械的な濾過・浄水が行われ生活用水となる。

「ここで、鞄を一度手放したんですね？」

「はい、とてもびっくりすることが起きてまして……」

エーリの話では、早朝、この場所で水音とともに剣呑《けんのん》な獣《けもの》の唸《うな》り声を聞いたらしい。激しい水音にエーリは驚《おどろ》いて近くの派出所《はしゅつじょ》まで走った。

その時に、水音に驚いて鞄を落としたらしい。

「もう、なにがなんだかわからなくて、怖《こわ》くてすぐにここを立ち去ったんですけど」

都市警察の人たちと戻って中身の散らばった鞄を拾った時には唸り声の主はどこにもいなかった。

エーリの説明を聞きながら、フェリは森を見渡す。

「……用水路に落ちていたら終わりですね」

湧水樹の森を見つめ、フェリは呟いた。

「嫌なことを言わないでください」

「とりあえず、鞄を落とした周辺から念入りに探しましょう」

顔をしかめるエーリを置いて、フェリは湧水樹の森の中に入っていった。

「フェリさん？」

「道にあればすぐにわかりますし、派出所に落とし物の届《とど》けもありませんでした。あるとすれば森の中」

湧水樹の森は湿気《しっけ》も多く、またバクテリアの分解作用《さよう》によるものか、洞から湧き出す水も熱い。場所によっては公衆浴場《こうしゅうよくじょう》や温水プールが作られるほどだ。湧水樹を包む白いもやの正体はこの湯気だ。

用水路から上がる湯気に蒸《む》されながら、フェリたちは探し続けた。

「たまりませんわ」

地面の枯《か》れ草を撥《は》ね除《の》け、あるいは雑草を掻《か》き分けてしばらく、エーリが顔を上げて汗《あせ》を拭《ぬぐ》った。

高湿度の中で動き回ったためか、すぐに息が上がった。二人の長い髪はべっとりと頬《ほお》や額《ひたい》に張り付いている。

「服を着たままサウナにいるようなものですからね」

額に張り付いた髪をかきあげ、フェリも肩《かた》で息をした。

「それに、こんなに探してもないなんて……」

「あるとすればここにしかないのですから、探すしかありません」

疲《つか》れた様子のエーリを励《はげ》ましたが、彼女は静かに首を振った。

「いえ……もうほんとに、どうでもよくなってしまいました」

「エーリさん……」

エーリは相変わらず暗い笑みだが、それは彼女の持ち味なのだろう。湿気に濡《ぬ》れた表情にはどこかさっぱりとしたものがあった。

「お菓子一つを渡すのにここまで一所懸命《いっしょけんめい》になっている自分が、とてもバカらしく思えてきて」

それはフェリ自身のことも指《さ》している。

気付いたのか、エーリは慌《あわ》ててむっとした顔のフェリに頭《かぶり》を振った。

「ああ、違うんですよ。そういう意味ではなくてですね……」

その時だ。

ざっ……

「え？」

「わっ」

いきなり、上から水雫《みずしずく》が大量に降り注いだ。頭上を覆《おお》う湧水樹の葉が張り付いた湿気の重さに耐《た》えかね、そして連鎖《れんさ》的に一斉《いっせい》に落ちてきたのだ。

一瞬の豪雨《ごうう》はフェリたちの悲鳴《ひめい》を呑み込み、唐突《とうとつ》に終わった。

後にはぐっしょりと濡れた二人だけが残された。

「なんてこと……」

ずぶぬれの自分に気分が一気に盛り下がった。

「あ、はははははははっ！」

そこにいきなり大声の笑い声がかぶさってきて、フェリはぎょっと顔を上げた。

「本当、バカみたい。お菓子一つ、渡すためにこんなになって本当……」

腹《はら》を抱《かか》えて笑うエーリをしばらく呆然《ぼうぜん》と見つめていたが、やがて腹が立ってきた。

「フェリさん」

黙って睨《にら》んでいると、エーリが笑いを止める。

「私、開き直りました」

「どういう意味です？」

「手作りのお菓子になんてこだわるからいけないいんです。お菓子なんてそこら辺の店から美味しそうなのを選べばいいんです。こんなところで失くしたお菓子を必死になって探すなんて苦労をするよりも、あの人の前に出て別のお菓子を渡した方がはるかに楽ですわ」

「は、はあ……」

「フェリさん、私決めました。あの人に告白します。ええ、こんなことをしてる暇《ひま》なんてありません。今日に合わせるなら、すぐにでもお菓子を買わないと。フェリさん、あなたも渡したい人がいるのなら、こんなところでのんびりしてる暇なんてないですよ。行動しなくては」

「……誰？」

拳《こぶし》を握《にぎ》って力説しているエーリは、さっきまでの暗い笑みを浮かべていた彼女ではなくなっていた。エーリの陰鬱《いんうつ》さを湧水樹の水がとことん洗い流したというのだろうか？　それにしても急激《きゅうげき》な変化にフェリは付いていけない。

「さあ、急ぎましょう。とりあえず濡れた服を何とかしませんと」

言うや、今度はエーリがフェリの手を摑み、森の外へと引っ張っていく。

「え？　あの……」

「さあ、急ぎましょう。時間はあまりないですよ」

突然、逆転した立場に、フェリは翻弄《ほんろう》されるがままになってしまった。


エーリの部屋に戻ってシャワーととりあえずの服を借《か》り、それから追い出されるように部屋を出てマンションに戻った。

自分の部屋に入り、改めて制服を着る。今日着ていたのが予備の制服だったので、普段から着ていた制服に袖《そで》を通すことになる。別に目立つ汚れがあったりくたびれたりしているわけではないのだけれど、今朝、あれを着ていた時の意気込みを見事に踏《ふ》み潰《つぶ》された感じがする。

ぐしゃぐしゃに濡れた制服は紙袋の中に入っている。借りた服と合わせてクリーニングに持っていこう。

（エーリさんは、うまくいくのでしょうか？）

相手が誰なのかはわからないが、彼女のあの勢いからしたら渡すことだけはとにかく成功するような気がした。

（わたしは……）

考えながら支度《したく》をする。制服に着替《きが》えたフェリは髪にもう一度ブラシをあて、別の紙袋を用意して、それに借りた服を入れる。

（とにかく、フォンフォンを探すしかないですね）

その前に学校に戻らなくては。フェリの鞄は学校に置いたままで、その中にお菓子も入れっぱなしだ。

（まずは、教室に戻らないと）

マンションを出て、近くのクリーニング店に服を渡して校舎に向かう。エーリは時間がないと凄《すさ》まじい勢いで学校に戻っていったが、フェリはそんな気持ちにはなれなかった。

とぼとぼと歩いていく。

自分の思い通りにならないなんていつものことなのだけれど、今日はもう腹を立てるタイミングを失ってしまった。

校舎《こうしゃ》に辿《たど》り着く。授業なんてとっくに終わってしまっていて、教室には茜色《あかねいろ》の日が射《さ》し込んでいた。

「探さないといけませんね」

気分が盛り上がらないからといってお菓子を無駄《むだ》にするのもなんだかくやしい。フェリは錬金鋼《ダイト》を取り出す。

まずは見つけないと、誰もいなくなった教室でフェリは念威端子《ねんいたんし》を放った。

「先輩……フェリ？」

開けた窓から飛んでいく端子を見つめていると、背後《はいご》から声がかかる。

「フォンフォン？　なにか用ですか？」

思わず振り返りそうになるのを抑《おさ》えて、フェリは背を向けたまま尋ねた。端子を背後に回す。なんだか弱りきった様子で立っている。

「えと……あの、お願いが」

それだけでレイフォンの言いたいことがわかった。なるほど、レイフォンが困《こま》った顔を浮かべるわけだ。

「どうしてそう……あなたは人に頼《たよ》られてばかりなのでしょうね？」

「わかりますか？」

困った顔のまま、レイフォンは笑った。自分でも自覚しているのかもしれない。

昼間の都市警のバイトのことだろう。レイフォンの様子を見れば終わっているとは思えない。

お願いというのは、フェリの念威を借《か》りたいということなのだろう。

「人に頼られるのと利用されるのとは違いますけど、どちらにしてもお人好《ひとよ》しすぎるのが問題だと思いますが？」

「そうかもしれないですけど……」

用件も口にできずにたじたじになっているレイフォンを眺《なが》めて、フェリは少しばかり今日一日の鬱憤《うっぷん》を晴らした。

「それで、わたしに頼みとはなんですか？」

ほっとした顔のレイフォンが用件を話す。

「……まあ、いいでしょう」

連れ去られたゴルネオを探して欲しいという内容《ないよう》に顔をしかめたものの、フェリは頷《うなず》いた。

「よかった」

「ただし……」

「え？」

「こっ……」

振り返ったフェリは鞄に手をかけ、そして止まった。

「こ？」

レイフォンが怪訝《けげん》そうに首を傾《かし》げている。

(気付けバカ！)

心の中で叫《さけ》び、フェリは深呼吸《こきゅう》をする。その瞬間に目まぐるしく思考を働かせた。

「これを……」

鞄から取り出した物にレイフォンは目を丸くしている。

「作ってみたんで、試食してください」

「あ、お菓子……？　…………フェリがですか？」

「なんですかその間は？」

「あ、いやいやいや、なんでもないです。はい」

「じゃあ、食べてください」

「う……はい」

渡されたお菓子の包みを慎重《しんちょう》に開けるレイフォンの顔は緊張《きんちょう》で強張《こわば》っていった。

「あ、見た目、きれいですね」

「そうですか？」

「もったいないから、このまま持って帰ってしばらく鑑賞《かんしょう》してから食べたいな～って……」

「だめです、すぐに食べてください」

「う……」

フェリの睨《にら》みに負けるように、レイフォンはお菓子を一つ、口に含《ふく》んだ。

ボリっという音をさせながら噛《か》み砕《くだ》く。

「あ、美味《おい》しい……ですね」

どこかほっとした顔でそう言ったレイフォンの顔は、長くはもたなかった。

いきなり引きつった。

「ぐっ……」

「どうし……」

言いかけ、見る間にレイフォンの顔が紫色《むらさきいろ》に染《そ》まる様子に息を呑んだ。

「ぐっ……げ、げほっ、ぐふ……ん、んんん…………………………ごくん」

体を折り曲げながらも飲み込む音がして、レイフォンが大きく息を吐き、顔を上げた。

「お、美味しかったですよ」

「嘘《うそ》を言わないでください」

血色のよくない顔を小刻《こきざ》みに震《ふる》わせながらの笑みが全《すべ》てを物語っている。

「……得意でないことぐらい、知ってるんです」

「う……」

「迷惑《めいわく》をおかけしましたね。では、探しましょうか」

フェリはレイフォンに背を向けると解《と》き放ったままだった念威端子を新たに都市の四方に飛ばした。

（まぁ、最初からこんな結果なのでしょうね）

寂しい気持ちがフェリの胸を過ぎていく。

目的のものはすぐに見つかった。なんだかよくわからない状況だと思ったが、今の気持ちの前ではそんなことすらどうでもよかった。

「誘導《ゆうどう》します。向かってください」

「はい、ありがとう」

レイフォンが頭を下げて、教室を飛び出していく。

ため息が零《こぼ》れた。

「……あ、そうだ」

出て行ったと思ったレイフォンが足を止めた。

「簡単なお菓子でいいなら僕《ぼく》作れますんで、今度一緒にやりましょう」

「……よけいなことはいいですから、早く行ってください」

「はい」

今度こそ、レイフォンは走り去っていく。

「……まったく」

贈《おく》りたい相手にお菓子の作り方を習うなど……

悔《くや》しいような嬉《うれ》しいような……微妙《びみょう》な気分でフェリはそう呟いた。


レイフォンが到着するまでの間、シャンテたちを監視《かんし》し続けていたのだが、まさか、その先でエーリの結末を見ることになるとは思わなかった。

「なんですか、その女は……むきぃぃぃぃっ！」

「な、なんだお前は……」

狼狽《ろうばい》しているのは、ゴルネオだった。エーリの思い人が彼だったとは……そんな驚《おどろ》きは一瞬でしかない。

なにより、その状況はフェリにとって呆《あき》れる以外のなにものでもなかった。

ゴルネオは半裸《はんら》だった。半端《はんぱ》なく半裸だった。着ていた武芸科の制服が辺りに引き千切《ちぎ》られて、散乱《さんらん》していた。ベルトも途中《とちゅう》から千切れ、ずり落ちる寸前《すんぜん》だった。靴《くつ》は片方どこかにいってしまっている。チャックが半分ほど下ろされ、見たくもない下着が覗《のぞ》いていた。

これが第五小隊の隊長かと思うと、情《なさ》けなくなる。

そんなゴルネオを下にして、引《ひ》き締《し》まった厚《あつ》い胸板《むないた》に赤い爪跡《つめあと》を刻《きざ》みながらのしかかる全裸の女性がいる。

そんな場面に、エーリが立ちあっている。一体どんな偶然性《ぐうぜんせい》でそこに辿《たど》り着いたのかまるでわからないが、彼女はそこにいた。

はたして、これは一体なんなのか……？

場所はさきほどまでフェリたちがいた、あの湧水樹の森だった。さっきは奥深くまではいかなかったが、森の中心部近くに、ぽっかりと空白地帯ができていたのだ。暖《あたた》かい地面の恩恵《おんけい》を考えれば昼寝《ひるね》をするにはとても具合のよさそうな場所だ。……周囲の多湿地帯をどうにかすればの話だが。

しかし、人を寄せ付けない場所としてはうってつけかもしれない。

「シャアアアッ！」

「きぃいいいいっ！」

どういう戦いなのか……

一般人であることを疑《うたが》いようもないエーリと、腰《こし》にまで届く赤い髪に化鍊剄《かれんけい》を纏《まと》わせ、炎《ほのお》のように揺《ゆ》らめかせた全裸の美女が奇声を発しあいながら睨み合いを続けていた。

緊迫《きんぱく》した空気など、あの見も知らぬ全裸の美女が動けば一瞬で崩壊《ほうかい》するだろうというのに、エーリはそんなことなど思考の片隅《かたすみ》にも置いてはいなさそうだ。

「シャッ！　シャアァァァァアッ！」

たてがみでもあれば背中で逆立《さかだ》っていただろう程《ほど》に、美女は獣《けもの》じみていた。もしかしたら、エーリが朝に聞いたという獣の声とはこの人物のものだったのかもしれない。

しかし、では、これは誰だ？

「許《ゆる》せないいいいいっ!!」

エーリが爪を立てて美女に襲《おそ》い掛《か》かった。

なんという勇気。

なんという無謀《むぼう》。

根源《こんげん》が嫉妬《しっと》だとしても、一般人が武芸者に立ち向かおうとするなんて……

フェリは密《ひそ》かに感動した。

自分もこれくらい無謀にならないといけないのかもしれないと思った。そうでなければ、あの、どうしようもなく鈍感《どんかん》で鈍感で鈍感なあの男には通じないのかもしれない。

流行に乗ったところでだめなのだ。

別の形でごまかしたところでだめなのだ。

あの男の絶対鈍感の壁《かべ》を突き破るには、素手《すで》で汚染獣《おせんじゅう》に立ち向かうような、そんな無謀な蛮勇《ばんゆう》こそが必要なのではないのだろうか？

ペチン。

「はふん」

謎《なぞ》の美女のハエ叩《たた》きのような一撃を受けて、エーリが地面に突《つ》っ伏《ぷ》す。

「……まぁ、だからといって奇跡《きせき》は起こらないのでしょうが」

しかしそれは、あの男の心の片隅にでも、フェリの望む気持ちの欠片《かけら》がなくては話にならないのかもしれない。

そしてそれを探り出すことが最大の問題であり、また、それを知ってしまってはその後の行為《こうい》は勇気がいるかもしれないが、無謀でも蛮勇でもなくなる。

なんという矛盾《むじゅん》か。

フェリの言葉は、感動の全てが吸《す》い尽《つ》くされて乾燥《かんそう》していた。

レイフォンがその場に現《あらわ》れ、謎の美女を網《あみ》で捕獲《ほかく》し、ゴルネオを救出したのはそのすぐ後のことだった。

フェリが今日という日に得られた最大の教訓《きょうくん》といえば、

「もう、二度とバンアレン・デイには踊《おど》らされません」

こんなところだろう。

スイート・デイ・スイート・ビフォア

ナルキの前には一つの完成品があった。

その隣《となり》には、メイシェンの手になる超完成品がある。

サンドイッチだ。手軽さが売りのこの食べ物は、現場の状況《じょうきょう》を考えるに最適《さいてき》の選択《せんたく》であるとは思う。

なにより、簡単だ。

だが、それでさえ素人《しろうと》と熟練者《じゅくれんしゃ》の間には明確《めいかく》な差が生まれる。むしろ、単純《たんじゅん》であるが故《ゆえ》にはっきりと生まれるのかもしれない。

「むむむ……」

二つの出来の違いに、味見をしたナルキは唸《うな》った。

「よく出来てると思うよ」

メイシェンのフォローの言葉がむなしく感じる。

正直、やり直したい。

迂闊《うかつ》だったのだ。そうであるとわかっていながら、日々の学業とバイトを理由にして練習することを放棄《ほうき》してしまっていた。

その怠慢《たいまん》が、ここに来て自分を追い詰《つ》めている。

時は、明日に迫《せま》っているというのに。

「ど、どうすれば……いや、特訓だな。特訓あるのみだ」

「でも、ナッキは明日、朝から……」

「うっ、そうだった。いや、徹夜《てつや》をすればなんとか……」

「体に悪いよ」

メイシェンの言い分もわかる。武芸者なのだから一晩二晩の徹夜なんて活剄《かっけい》を使えばなんとかなるが、それが原因《げんいん》で集中力が低下するようなことになって、都市警察《けいさつ》の仕事に支《し》障《しょう》が出るなんてことになったらと考えると、やはり徹夜はできない。

「うう、しかし……」

「捜査《そうさ》は失敗できないんでしょ？」

「そうなんだが」

「一所懸命《いっしょけんめい》作ってれば、認めてくれるよ」

「それにも限度はあるさ。ああ、言いたくないが、メイのと比《くら》べられることになる」

言って、やはり自己《じこ》嫌悪《けんお》に暗くなる。

「やり直すよ。どちらにしても、このままだと眠れそうにない」

「……手伝うよ」

そう言ってくれる親友に、ナルキはありがとうと伝えた。

ア・デイ・フォウ・ユウ02

エア・フィルターの表面で砂嵐《すなあらし》が渦《うず》を巻《ま》いている。

その、砂でできた靄《もや》の向こうで月が重々しく円《まる》い姿《すがた》を夜空に載《の》せていた。

あらかたの店が看板《かんばん》を下ろし、電飾《でんしょく》の光は街灯《がいとう》の他は疎《まば》らな光があるばかりで、そのほとんどが闇《やみ》に沈《しず》んでいる。

そんな中、月光で影《かげ》を浮《う》き上がらせ、空に向かって声を放つ姿があった。

強く、段々《だんだん》と弱く。後を引く遠吠《とおぼ》えがツェルニの空を走る。それに応《こた》えるものはなく、影はその場でじっと、自《みずか》らの声の余韻《よいん》に耳を傾《かたむ》けていた。

影は、外縁部《がいえんぶ》に近い場所にある建物《たてもの》の屋上《おくじょう》にいた。この辺りには人家はない。あるのは生産区で作られた農作物を貯蔵《ちょぞう》する倉庫《そうこ》だ。農作物はここで一度、安全面でのチェックを受けた上で市場に流れる。

自らの遠吠えの残滓《ざんし》に耳を傾けていた影が、ピクリと動いた。

かと思うと、次の瞬間《しゅんかん》、影はその場から姿を消した。

†

「食糧庫《しょくりょうこ》に泥棒《どろぼう》？」

朝一番に呼び出され、聞かされたその言葉にレイフォンは首を傾《かし》げた。

泥棒という単語を知らないわけではない。

「というよりも強盗未遂《ごうとうみすい》……か？」

答えるフォーメッドの顔にも困《こま》った笑《え》みが浮かんでいた。

場所はツェルニの各所に設《もう》けられている都市《とし》警察《けいさつ》の派出所《はしゅつじょ》の一つだ。奥《おく》にある休憩所《きゅうけい》に通されたレイフォンは出されたお茶を啜《すす》りながらフォーメッドと隣《となり》にいるナルキを見た。

「別に盗《ぬす》みがないわけでもないがな……」

フォーメッドの言葉は迷《まよ》いがあるのか、歯切れが悪い。その顔には徹夜《てつや》の疲《つか》れがあった。

ツェルニは学園都市だ。そこに住むほとんどの人々が学生である。大人がいないわけではないが、都市生活にはあまり関《かか》わらない。学業ですら、上級生が下級生に教える。最上級生たちは実習と研究を行うのがツェルニのやり方だ。

同時に都市でもある。経済《けいざい》の動きがある以上、貧富《ひんぷ》の差《さ》もまた生まれる。商売に失敗する者もいる。公認《こうにん》はしていないが賭博場《とばくじょう》もある。騙《だま》されたと都市警察に駆《か》け込《こ》む者もいる。

一時的にだが財産《ざいさん》を失ったことによる錯乱《さくらん》で盗みに走る者がいないわけではない。

だがやはり、ツェルニは学園都市であり、学生のために存在《そんざい》する都市なのだ。都市の経済活動はあくまでも卒業後、別の都市で暮《く》らす上での感覚をなくさないためであり、また将来《しょうらい》のためのシミュレーションというのが大前提《だいぜんてい》だ。

だから、救済策《きゅうさいさく》はある。

財産を失い、破産宣告《はさんせんこく》を行った者には生徒会から援助金《えんじょ》が出る。もちろんこれは在学中に返済《へんさい》しなければいけない金であり、返済できなければ卒業資格《しかく》を与《あた》えられない。返済できないままに何年も留《とど》まる者もいるが、それはわずかだ。

とにかく、ツェルニ在学中は金に困ることはあっても食えないということはない。

そのため……と一応は結論《けつろん》付けられているが、学生による盗みはあまりない。

特に、食糧を盗むという行為《こうい》は滅多《めった》に聞く話ではない。

「どうして、食糧庫に押し入るなんて……」

レイフォンは疑問《ぎもん》を口にした。

ツェルニにきて一年も経《た》っていないレイフォンだが、このシステムは十分に理解していた。入学前に奨学金《しょうがくきん》制度を調べていて、一緒《いっしょ》にわかったことだからだ。

「情報盗難《とうなん》の話ならわかりやすかったんだがな」

フォーメッドはそう呟《つぶや》いて自分もお茶を飲んだ。

レイフォンをここまで案内したクラスメートのナルキはその隣でじっとしている。

「で、なにが盗まれたんですか？」

「……盗まれたわけではない。正確には未遂《みすい》だな」

「は？」

レイフォンは、武芸者である自分が必要とされるような相手だから呼ばれたのだと思っていた。都市警察にも武芸者はいるが、ツェルニの学風なのか、武芸科の中でもエリートと呼ばれる小隊所属者《しょうたいしょぞくしゃ》は都市警察の活動にあまり協力的ではない。

しかし、時にツェルニで研究されたデータを盗もうと他都市から人がやってくることもあり、その中に手練《てだれ》の武芸者がいることもある。

そういう時のために武芸科の中には臨時《りんじ》で都市警察に協力する者たちがいる。

いわば、武芸科独特《どくとく》の短期就労《しゅうろう》のようなものだ。

クラスメートのナルキに誘《さそ》われてレイフォンもその一人となっている。

「なんなんです？」

それで呼ばれたと思ったのに、盗みは未遂だという。

しかも食糧。たとえ盗めたとしても放浪《ほうろう》バスで他都市に持ち逃《に》げできる類《たぐい》のものではない。

「まあ、待て」

戸惑《とまど》うレイフォンをフォーメッドは押しとどめた。

「襲《おそ》われた倉庫の中身が問題でな」

「中身？」

「お前も知ってるだろう？　明日はバンアレン・デイだ」

「いや、それはまぁ、知ってますけど……」

好意を寄せる異性《いせい》にお菓子《かし》を贈《おく》るという日らしい。もともとは他所《よそ》の都市の風習らしいが、商業科の製菓《せいか》関係に携《たずさ》わる連中がその風習を知り、去年からキャンペーンを行っている。

恋愛《れんあい》に一番興味《きょうみ》のある年代が集まっているだけに、バンアレン・デイはツェルニの学生たちに熱狂《ねっきょう》的に受け入れられ、今年もかなり前から広告合戦が行われている。

「で、それがなにか？」

「商業科の働きかけで、生産区でもこの日のための材料が数種類、新たに作られていてな、襲われたのはそれが入っていた倉庫の一つだ」

「はぁ……」

お菓子の材料が狙《ねら》われたと言われてもやっぱりしっくりとこない。

「倉庫に入っていた材料をそれぞれ調べてみた。種類がけっこうあったからな、調べるのに時間がかかったが、知っている人間がいたので助かった。狙われたのは、おそらくハトシアの実だ」

「ハトシアの実？」

フォーメッドが頷《うなず》いた。

「リンカという製菓店の注文で生産されてな、今日の昼にそちらに搬入《はんにゅう》される予定だった果実だ。リンカでは目玉商品として使いたかったようだがな」

「それが、どうして？」

「もともと、バンアレン・デイの原形は森海都市エルパの風習でな。ハトシアの実を使った料理は許婚《いいなずけ》同士、あるいは夫婦《ふうふ》同士でしか食べることが許《ゆる》されないもの。つまり、ハトシアの実の料理を食卓《しょくたく》に出すということは異性に対して、結婚《けっこん》を申し込むのと同じ意味があるということだ。その風習が他都市に流れた時にハトシアの実がなくなり、好意的な異性に料理を作ることになり、そしてお菓子になった……という流れらしい」

「はあ……」

「それで……だ。どうしてエルパでは、ハトシアの実を使った料理は夫婦で、あるいは結婚前提《ぜんてい》の者同士でしか食べてはいけないか、わかるか？」

「いや、そんなこといきなり聞かれても……」

「興奮《こうふん》作用があるんだそうだ。使い方しだいではアレの時にとても便利、ということだ」

フォーメッドが声を潜《ひそ》めてそう言い、にやりと笑った。隣ではナルキが顔を赤くしている。

フォーメッドのいうアレがなにかわからないほど、レイフォンも野暮《やぼ》ではない。困った笑いを浮かべるしかなかった。

「もちろん、そうするには特別な調理法がいるそうだがな。酒や蜜《みつ》漬けにしたぐらいでは、渋《しぶ》みのある甘《あま》い果実というだけのことらしい」

レイフォンが返答に困っていると、フォーメッドが表情を改めた。

「だが、それは一般人《いっぱんじん》なら、という話だ。武芸者なら別の使い方もでてくる」

フォーメッドの表情が引き締《し》まった。

「闘争心《とうそうしん》をかきたてることで剄脈《けいみゃく》への異常《いじょう》加速を起こさせる。他にも神経を過敏《かびん》にさせ、五感を鋭《するど》くさせるなど……この間のディジーよりも遥《はる》かに強力な剄脈加速薬となる」

「まさか……」

ついこの間、剄脈加速薬である違法酒ディジーに絡《から》む一件《いっけん》があったばかりだ。続けざまにこんなことが……レイフォンは驚《おどろ》きの目でフォーメッドを見た。

「リンカの背後《はいご》関係は現在までの調べではおかしなところはない。それに、ハトシアの実にそんな効果があることはそれほど知られてはいないようだ。これを狙った者がなにを考えているのかわからんが、こんな危険《きけん》な物を放置しておくわけにもいかん。出荷は禁止《きんし》したが、問題はその後の処分《しょぶん》だ。レイフォン、その時まで警護《けいご》をしてくれ」

そういうことらしい。

†

「じゃあ、明日はいないんだ」

フォーメッドの話が終わり、レイフォンとナルキは一年校舎《こうしゃ》に駆《か》け込《こ》んだ。なんとか最初の授業には間に合い、そして昼。いつものようにメイシェン手製の昼食をご馳走《ちそう》になりながら、話を聞き終えたミィフィがミルクのストローを口に咥《くわ》えたまままそう言った。

「明日の昼に倉庫から処分場に運ばれる予定だ。今夜から倉庫近辺の警護をする予定だから、明日は学校にこれないな」

ナルキが答える。

「せっかくのバンアレン・デイを、もったいない」

ミィフィが飲み干《ほ》したミルクの紙パックからストローを抜《ぬ》き、新しい紙パックに挿《さ》す。

「もったいないって言うか……もてないから関係ないしね」

レイフォンがそう言うと、ミィフィとナルキが揃《そろ》ってため息を吐《つ》いた。

「……？　なに？」

「いーや。あ、そうか」

なにか思いついたらしいミィフィがニへへと笑ってナルキを見た。

「ナッキはそうじゃないか。課長さんと二人っきり〜のチャンス？　もしかして？」

「そんなことはしない」

ふい、とナルキが顔をそらす。

「そうなの？」

初耳のレイフォンはメイシェンを見た。「どうなんだろう？」という感じで彼女は首を傾げる。

「ナッキは仕事一途《いちず》な男が好きなのよね。課長さんなんて養殖科《ようしょくか》の研究室と都市警察を行ったり来たり、好みぴったりだもん。しかもやり手、これも重要」

「だから、違うと言っている」

頑《かたく》なにそう言うナルキだが、その頬《ほお》が微《かす》かに赤くなっている。レイフォンはフォーメッ

ドとナルキが並んだところを想像《そうぞう》した。小柄《こがら》だががっしりとした体つきのフォーメッドと女性としては長身で、ほっそりとした体型のナルキだ。とても対照的《たいしょう》だなと思った。

「課長は尊敬《そんけい》する上司だ。それ以上はなにもない」

ナルキに睨《にら》まれ、ミィフィは舌《した》を出して引き下がった。

「まぁね。バンアレン・デイのお菓子を贈る風習は元のとことは関係ないって話だしね。お菓子じゃなくて、お昼ご飯を作ってあげるって手もあるよね～」

「そ、そうだね！」

いきなり、メイシェンが明るい声を出して頷いたのに、レイフォンは驚く。

「ご、ごめんなさい……」

我《われ》に返って小さくなるメイシェンに、ナルキとミィフィがため息を吐いた。

練武館《れんぶかん》での訓練《くんれん》を終えると、レイフォンはニーナに事情を話しておいた。都市警察のバイトはその性格上、なにがおこるかわからない。

「そうか……」

訓練後の個人練習の後だ。ニーナはタオルで汗《あせ》を拭《ぬぐ》って頷《うなず》き、スポーツドリンクのストローを口に含《ふく》んだ。

「となると、今夜は機関掃除《そうじ》にも来ないんだな？」

ストローから口を離し、荒《あ》れた息を継《つ》いでの言葉にレイフォンはそのことを忘れていたことに気付いた。

「そうだった……」

「わたしが伝えておく。心配するな」

「すいません」

「気にするな、都市の治安を守るのも武芸者の務《つと》めだ」

武芸科に蔓延《まんえん》するツェルニの学風は、ニーナには影響《えいきょう》を与《あた》えていない。武芸者はどの都市でも制度として優遇《ゆうぐう》されており、富裕《ふゆう》の者が多い。ニーナの実家もそうなのだが、彼女は親の反対を押し切ってツェルニに来ていることもあって、親の援助《えんじょ》もなく機関掃除でのバイトで学費や生活費を稼《かせ》いでいる。その生活がニーナに慢心《まんしん》を植えつけなかった。

「それにしても、食糧庫を襲うというのは奇妙《きみょう》な輩《やから》だな」

ニーナもそのことが気になったようだ。

「使い方しだいでは危険な果実らしいですけどね」

食糧庫のなにが狙われたかは、フォーメッドから口外しないように言われている。

それに、先日の違法酒の事件でのことをニーナはどこかで引きずっているように見えた。

だから、到脈加速薬になる危険性については黙《だま》っておくことにした。

「ふむ……そんなもの、よく生産許可が下りたものだ」

ニーナが最後にそう漏《も》らし、訓練は終わった。

練武館のシャワールームで汗を流すと、レイフォンはその足で食糧庫のある倉庫区に向かった。

味気のない四角い倉庫が秩序《ちつじょ》だって並《なら》ぶ様《さま》は、空気にもどこかよそよそしさを紛《まぎ》れ込《こ》ませる。

倉庫区内には専用《せんよう》の車両があり、それが近くの路面電車まで荷を運ぶ。さらに専用の貨《か》物運搬《もつうんぱん》用の路面電車があり、これが荷物を各地域《ちいき》に運ぶのだ。

その専用車両も倉庫前の駐車場に疎《まば》らに置かれ、人の姿はない。倉庫区が人で賑《にぎ》わうのは早朝という話だ。その時間に車両が走り、荷が運ばれていく。

フォーメッドにあらかじめ指定された番号を頼《たよ》りに倉庫を見つけ出すと、入り口でナルキが待っていた。

「どう?」

尋《たず》ねるとナルキは首を振った。

「動きはなしだ」

言って、倉庫正面、シャッターの脇《わき》にある扉《とびら》を開けた。その先には狭《せま》い上りの階段《かいだん》がある。ナルキに案内されて上った先には警備員《けいびいん》の休憩所《きゅうけいじょ》らしき空間があり、フォーメッドと数人がそこにいた。

「よく来てくれた」

時間を持て余《あま》していた風のフォーメッドが立ち上がり、レイフォンを休憩所の窓際《まどぎわ》に手《て》招《まね》きする。

「あれが例の倉庫だ」

指差された場所を見ると、他と変わりのない倉庫が並んでいる。倉庫の屋根付近には振り分けられた番号「D17」の文字がペンキで塗《ぬ》られていた。

ただ、正面のシャッターが大きくへしゃげていた。

「食糧は都市の大事な生命線だからな、倉庫は頑丈《がんじょう》に作られている。シャッターもな、爆《ばく》発事故《はつじこ》が起きても大丈夫《だいじょうぶ》なようにできているのにあの有り様だ」

フォーメッドの説明を聞きながら、レイフォンはシャッターの様子を観察した。

拳《こぶし》でも叩《たた》きつけたかのように中央が小さく深く窪《くぼ》み、そこから同心円を描《えが》いてへこんでいる。どう見ても殴《なぐ》って壊《こわ》そうとしたとしか思えない。

「武芸者でしょうね、やったのは」

「それしかないだろう」

フォーメッドは頷いた。

確信《かくしん》を得たという顔をするフォーメッドの隣で、レイフォンはまだその窪みの観察を続けていた。剄で強化された視力《しりょく》はこの場からでも詳細《しょうさい》に殴打《おうだ》の跡《あと》を見ることができる。手の形がはっきりわかるほどの一撃《いちげき》だ。

(小さいな)

その手の大きさが、レイフォンは気になった。大人や学生の手にしては小さめだ。小柄《こがら》な男という可能性《かのうせい》もあるが、それよりも女性だと考えた方がすっきりとする。

次に、レイフォンはシャッター前の地面に視線を移《うつ》した。あの一撃なら地面に踏《ふ》み足の跡が刻《きざ》まれていてもおかしくはない。が、それはなさそうだ。となると、長距離《ちょうきょり》から跳躍《ちょうやく》しての一撃ということになる。

(身軽で小柄な女性の武芸者)

そう結論付けると、レイフォンは視線を外した。

「しかし……」

フォーメッドが疑問を零《こぼ》す。

「犯人《はんにん》はシャッターを壊そうとして失敗。その後に防犯《ぼうはん》ベルの音で逃走《とうそう》したということだが、少し間抜けすぎやしないか？」

その通りかも、とレイフォンも思った。

「なにか、まっしぐらという感じですね」

ナルキも同意を示《しめ》して頷く。

「策《さく》もなにもあったものじゃないな。そこまで焦《あせ》らせるものがあったか……物が物だけになんともおかしな感じがするな」

言い合う二人を横目に、レイフォンは壁際のソファに体を預《あず》けると、断《ことわ》りを入れて目を閉《と》じた。夜は長い。少し休ませてもらおうと思ったのだ。

変化は夜が深まったところで起きた。

その時、レイフォンは当の倉庫の屋根の上にいた。屋根の上で足を投げ出して座《すわ》り、目を閉じていた。殺剄《さっけい》で気配を断《た》ったレイフォンは、そうしながら感覚の手を四方に伸《の》ばして空気の乱《みだ》れを読んでいた。

空では欠け始めた月が厚《あつ》い雲に引っかかるようにして輝《かがや》いている。

乱れを察知して、レイフォンは目を開けた。殺剄はいまだ維持《いじ》したままだ。錬金鋼《ダイト》も剣《けん》帯《たい》に収《おさ》めたまま。復元《ふくげん》しようとすれば、その剄で殺剄が解《と》けてしまう。いざとなれば徒手《としゅ》で対応するべく、両手の指を解《ほぐ》す。

気配は……レイフォンは立ち上がりそちらに目を向けた。

倉庫の正面からやってくる。

レイフォンが立ち上がったことそのものが合図となる。あちこちに隠《かく》れていた都市警の連中も準備《じゅんび》しておいた道具を用意した。

夜に沈《しず》み込むように気配を殺しながら、こちらに向かって倉庫の上を跳《は》ねながら近づいてきた。

一応《いちおう》は気配を最小限にとどめているようだが、見つかった場合のことを気にしている様子はない。

(この位置からなら)

相手が方向を転じて逃《に》げようとしても、追いつける。レイフォンは剣帯から錬金鋼《ダイト》を抜いた。

だが、殺剄を解くことはしない。

まだ、都市警の仕掛《しか》けが残っている。

倉庫の近くまで来て気配は地面に降《お》りた。そこから倉庫は一本道。迷《まよ》うことのない直進でやってくる。

その時、レイフォンのいるD17倉庫の前方にある左右の倉庫に隠れていた都市警の面々が立ち上がると、一斉《いっせい》に手にしたものを地面に放《ほう》り投げた。

それは宙《ちゅう》で広がると、駆《か》け抜《ぬ》ける気配の上にいくつも降《ふ》り注《そそ》ぐ。

網《あみ》だ。

ただの網ではない。網の端《はし》に取り付けられた錘《おもり》は蓄電池《ちくでんち》も兼《か》ねられており、網には人体が行動不能になるのに十分な電流が流れる仕組みになっている。

道路の一面を覆《おお》うのに十分な数の網が舞《ま》い、気配の主《ぬし》にいまにも覆いかぶさろうとしたその時、

「なんだっ⁉」

屋根に待機していた都市警の悲鳴に、レイフォンは殺到を解除《かいじょ》、錬金鋼《ダイト》を復元した。

いきなりの横殴《よこなぐ》りの突風《とっぷう》が網の落下を一時遅《おく》らせた。その隙《すき》を突《つ》いて気配の主は小柄な体を罠《わな》から脱出《だっしゅつ》させたのだ。

レイフォンは全身に剄を満たし、迫《せま》る気配の主を威嚇《いかく》した。

瞬間、小柄な体は直進を止めると倉庫の前を直角に曲がり走り去っていく。レイフォンはその背《せ》を追いかけるべく、屋根伝いを走る。

小柄な襲撃者《しゅうげきしゃ》の背は、レイフォンの眼下《がんか》にあった。

速い……が、追いつけない速度ではない。剄で強化した目でその姿を捉《とら》えながら、レイフォンはどう捕《つか》まえるか思案《しあん》した。

もう一人のこともある。

網の罠を役立たずに変えた突風は、自然のものではない。

（もう一人、どこかに隠れている）

きっと今も、気配を殺してそばにいるはずだ。走りながら周囲を探《さぐ》ってみるが、いるという感じがするだけで、正確な位置は割《わ》り出せない。

（なにか、タイミングを狙《ねら》ってるな）

狙っているとすればなにか？　レイフォンは視界の届《とど》かない背後《はいご》を気にしながら走った。

倉庫区をひた走る気配は方向を変える様子はない。

（このまま行ったら……）

倉庫区は生産区に隣接《りんせつ》する形で作られている。一瞬だけ視線を前に向ける。視力をさらに強化、暗闇の中に沈み込むように背の低い木々が並んでいるのが見える。果樹園《かじゅえん》だ。

（人気がない場所を選んだ……？）

そう思った途端《とたん》、背中を押すように気配が近づいてきた。レイフォンを威圧《いあつ》している。

「ちっ」

仕掛《しか》けてくる気だ。

背後からの敵意《てきい》、さらに足下《あしもと》には逃走《とうそう》する襲撃者。いくらレイフォンでも両方を同時にこなすことはできない。

どうするか？

迷《まよ》う隙を突いて、新たな気配が進行方向に現れた。

「ええいっ！」

味方とは思わなかった。レイフォンは前に剣《けん》を振る。剣先から放たれた衝剄《しょうけい》がなにかと衝突して爆発する。新たな気配が放った衝剄だ。

爆音が空中に散《さん》じる。レイフォンは音に混《ま》じるように飛んだ。

狙うは、背後の気配。

逃げる敵よりも迫る敵の方が捕まえやすい。

そう思ったのだが……

「……え？」

体の向きを変えながら宙《ちゅう》を駆けるレイフォンは、背後の気配まで退《しりぞ》いていくのを感じた。

「逃がすか！」

背後の気配は方向を転換《てんかん》したレイフォンに慌《あわ》てる様子もなく、何かを投げつけてくる。

レイフォンは再び衝剄を前面に放ち迎撃《げいげき》する。

激しい爆発と光が夜を切り裂《さ》き、視界《しかい》を焼く。

「しまっ……!」

突進を止めて、レイフォンは残光が張り付いた目を閉じて襲撃に備《そな》えた。

だが、来ない。

気配はそのまま退《ひ》いていく。

「やられた……」

三つの気配が全《すべ》て、レイフォンの感覚の外に消えたのを感じてがっくりとうな垂《だ》れた。

†

その夜、レイフォンはフォーメッドたちと別れを告げてもまっすぐに寮には戻らなかった。襲撃者を捕《と》らえられず、悄然《しょうぜん》とした様子のナルキたちの背からなんとか視線をはがすと、寮とは明らかに別の方角に向かって歩いていく。

月はそのほとんどを厚い雲に飲《の》み込まれ、足元を照らすのは街灯しかない。

レイフォンが黙《だま》って歩いていると、街灯のオレンジ色の明かりに影が姿を見せた。

「そっちから姿を見せてくれるとは思わなかった」

驚いた声を投げかけると、

「気付かれなかったと思えるほど、うぬぼれてはいないからな」

街灯に照らし出された巨軀《きょく》が身じろぎしてそう答えた。

「どういうことなんです？　あれは……」

「言うな」

巨軀の主、ゴルネオは体格の割に愛嬌《あいきょう》のある顔を歪《ゆが》めた。

「でも……」

「お前には関係ない。……そう言いたいのだが、そうも言ってられん」

ゴルネオの言葉ははっきりとした嫌悪《けんお》に満ちていた。

「じゃあ、やっぱり」

「そうだ、あれはシャンテだ」

D17倉庫の上にいたレイフォンは襲撃者の姿を強化した目でしっかりと確認《かくにん》していた。

赤い髪《かみ》を篝火《かがりび》のように翻《ひるがえ》らせて疾駆《しっく》する姿を見間違えるはずがない。

「どうして？」

「おれにもわからん」

ゴルネオが悔《くや》しそうに首を振る。

「数日前から部屋にも戻《もど》っていない。捜《さが》した末がこれだ、まったく……」

その様子では、シャンテを捕まえることはできなかったようだ。

「僕の後ろから来た、あれは？」

シャンテの行く手に現れた新たな気配がゴルネオだった。それはレイフォンを攻撃した剄技でわかる。

では、背後から迫った気配は誰《だれ》だったのか……

「そのことだ。おれの手引きではない」

第五小隊の隊員ではないと、ゴルネオは言い切った。レイフォンは信じて頷いた。

「手慣《てな》れた動きだったように思えたけど」

そのこともある。

背後からの気配はレイフォンがシャンテを捕まえられると判断《はんだん》した上で妨害《ぼうがい》しようと動いていた。前に現れたのがゴルネオだと気付いたレイフォンは、不意をつく形で背後に方向を転じたというのに、気配はレイフォンに固執《こしゅう》することなくあっさりと退いてみせたのだ。

それに、目《め》潰《つぶ》しに使った閃光弾《せんこうだん》のこともある。音と光で相手の感覚を狂《くる》わせる武器を、一般《いっぱん》生徒や普通の武芸科生徒が簡単に手にできるとは思えない。小隊員であったところで、対抗試合中の罠《わな》のために使用することはできても、厳重《げんじゅう》な管理をごまかして野戦グラウンドの外に持ち出すことはできない。

「他都市から来た影働《かげばたら》きの武芸者。そう考えるのが妥当《だとう》だな」

ゴルネオはそう断《だん》じた。グレンダンの武門であるルッケンス家は、二人の天剣授受者を輩出《はいしゅつ》した隠《かく》れなき名家だ。グレンダンの歴史とともにあるルッケンス家に生まれたゴルネオは、都市同士の表には出ない暗闘《あんとう》にレイフォン以上に通じている。

「シャンテが狙いってこと？」

「そこがわからん。育ちは特殊《とくしゅ》だが、あいつは孤児《こじ》だ。狙われるようななにかがあるとは思えないのだがな」

「シャンテの生まれは？」

「森海都市エルパだ」

それを聞いて、レイフォンは倉庫にあった物のことをゴルネオに告げる。

「ハトシアの実か……聞いたことはないが、シャンテがあれに固執する理由はそれだろう。到脈加速の方に興味《きょうみ》があるとは思えんが、な。なんらかの関係はあるはずだ」

「普段から、ああなのかな？」

「生まれてしばらく獣《けもの》に育てられたというからな、ハトシアの実に本能の部分で引かれているのかもしれん。だが、それだけではあいつらの理由が摑《つか》めん」

「これは、都市警察に知らせておいたほうがいいかもしれない」

「だが、そうすればシャンテが犯人だということが知られてしまう。そのことを隠して話をするわけにもいかないだろう」

シャンテが倉庫襲撃の犯人ということになれば、シャンテ自身が退学《たいがく》という処分を受けるだけではない。シャンテは第五小隊の主力だ。ゴルネオの責任《せきにん》問題にも発展《はってん》し、第五小隊が空中分解《ぶんかい》してしまうことにもなりかねない。

「でも、このままだとどちらにしてもばれてしまうよ。それよりも彼女が利用されていたという証拠《しょうこ》を見つけたほうがいいと思う。フォーメッドさんは話せる人だし、仕事のできる人だよ。内緒《ないしょ》にするよりは協力してもらった方がいいと思うけど」

「……貴様《きさま》、どうしてそこまでうちの心配をする？」

レイフォンとゴルネオには因縁《いんねん》がある。グレンダンにいた頃《ころ》、レイフォンはゴルネオの兄弟子に武芸者としては再起不能の重傷《じゅうしょう》を負《お》わせた。それがレイフォンをグレンダンから去《さ》らせる原因となり、すでにツェルニにいたゴルネオは遅れてその事を知った。

兄弟子を再起不能にしたレイフォンを、ゴルネオは恨《うら》んでいる。

こうして、二人で会話していることがゴルネオの苦境《くきょう》を示《しめ》していた。

疑《うたが》わしそうな視線に、レイフォンは苦笑で答えた。

「うちの隊長なら、第五小隊に解散して欲《ほ》しくないと思うから」

「……それが、今のお前か」

そう呟くと、ゴルネオはため息とともに頷いた。

†

バンアレン・デイ。当日となった。

朝、レイフォンが支度《したく》をして出かけると待ち合わせ場所にはナルキのほかにメイシェンたちもいた。

「おはよう。どうしたの？」

今日の授業に出られないことはすでに話してある。ナルキはともかく二人がいることにレイフォンは首を傾《かし》げた。

「これ、差し入れを持ってきたの」

そう言うと、バスケットを差し出してきた。

「お昼ご飯だから、食べてね」

ニヤニヤと笑うミィフィを背に置いて、メイシェンが真っ赤な顔をしている。レイフォンはありがたく受け取った。

「ありがとう」

俯《うつむ》いてミィフィの隣に戻ろうとするメイシェンに、レイフォンは思いついたことを尋ねた。

「リンカって店知ってる？」

「リンカ？」

尋ねられたメイシェンは記憶《きおく》を探るように目を見開いた。

「たぶん、お菓子の店だと思うんだけど……」

ハトシアの実を生産するように注文した店だが、詳《くわ》しいことは知らない。バンアレン・デイに合わせて注文したのだから、お菓子を作る店なのは間違いないだろうと思い、メイシェンに聞いたのだ。

察したナルキが住所などを補足《ほそく》した。

手を叩《たた》いたのはミィフィだ。

「あ、思い出した。ナッキがいなかった時に二人で行った店だよ。入学式からそんなにたってなかった頃」

「ああ……」

思い出したらしいメイシェンが、何度も頷く。

「どんな店だった？」

「喫茶店風《きっさてんふう》の、ケーキとお茶だけの店よ。でも……」

「なーんか、やる気なさそうだったよね」

「うん」

「やる気がない？」

「そうそう。ケーキはどこでも作ってそうなものしかなかったし、だからってお茶が美味《おい》しいわけでもない。普通の店。常連もいなさそうで、暇《ひま》そうな感じだったよ」

「他にお客がいなくて、居づらかったよね」

頷きあう二人に、レイフォンはナルキと視線を交《か》わした。


「それはおかしいな」

倉庫区の昨日の場所に着いた二人は、メイシェンたちの話をフォーメッドに報告した。

「リンカの店主が変わったという話は聞いてない。今までやる気がなかった奴《やつ》が、どうしていまさらバンアレン・デイに合わせて新作を、それもハトシアの実なんていう知名度の低い材料で作ろうと思ったのか」

　フォーメッドが無精髭《ぶしょうひげ》を撫《な》でながら、考えに耽《ふけ》る。

「それだけじゃないですよ」

　ナルキが付け加えた。

「生産区にあれだけの量を注文するということは、農業科に相応の注文料を払《はら》っているということです。リンカの売り上げでそれが可能だとは思えません」

「ハトシアの遺伝子《いでんし》情報はすでにうちにあったのか、そうでなければいつ手に入れたのか、それも気になる。ふむ……リンカの調べはまだつかんのか？」

　フォーメッドは控《ひか》えていた部下に命令を飛ばすと、改めてレイフォンたちを見た。

「まったく、ずいぶんと大事になってきた」

　フォーメッドの視線は、レイフォンから少し離れた場所に立つゴルネオに向けられた。

　そこにはゴルネオの他に一人、第五小隊のバッヂを付けた武芸科の生徒がいる。廃都《はいと》の探《たん》索《さく》の時に顔を合わせたから知っている。第五小隊の念威繰者《ねんいそうしゃ》だ。

　身軽さでは小隊員の中でもずば抜けているシャンテだ。捕まえるには念威繰者の協力があった方が良いというのが、昨夜、ゴルネオを交えた相談で決まり、この場に呼ばれたのだ。

「第五小隊はツェルニにあってもらわないと困る隊だ。傷《きず》がつかないようにがんばらんとな」

「すまん」

フォーメッドの言葉に、ゴルネオが頭を下げた。

「お互《たが》い、都市のためにやってるんだ。気にしなさんな」

フォーメッドは手を振《ふ》ると、にやりと笑った。

「手伝ってもらうしな」

これで、フォーメッドはゴルネオたちに貸《か》しを作ったということになる。いざという時に小隊員の力を借りられるのは大きいだろう。フォーメッドは内心では喜んでいるに違いない。

それを承知《しょうち》してか、ゴルネオも硬《かた》い表情をわずかに緩《ゆる》ませて苦笑した。

「だが、それも……」

それも、この事件が解決《かいけつ》できたらの話だが。

「それじゃあ、昨日決めた通りに動いてもらうか」

ゴルネオの言いかけの言葉に頷き、フォーメッドが開始を告《つ》げた。

ハトシアの実を運び出すのは午後からということになっていた。大量の実は生産区に戻《もど》され、肥料《ひりょう》とするために処分場に送られる。

動きがあるとすれば、それまでの時間か、生産区に戻されてからか、あるいは運び出す時だ。特殊《とくしゅ》な果実ということですでに一部が農業科の研究室に送られている。どのように分解すれば肥料として適当《てきとう》かを調べるためだ。そのための準備もあり、生産区の処分場に送られてもすぐに処分はされないだろう。その間にも襲撃の危険がある。

二度の襲撃に失敗したシャンテが同じ時間を選ぶかという疑問があったが、ゴルネオはシャンテにそこまでの考えはないと明言した。しかし、同じ時間を選ぶとも考えられない。この間にも都市警察が森海都市エルパでのハトシアの実の扱《あつか》い、そしてゴルネオから聞いたシャンテの育ての親獣との関係性を図書館で調べさせている。が、襲撃時間を知る上では何の役にも立たないだろう。

だとすれば、後はシャンテを最も知るゴルネオの判断した時間帯……

狙うなら、運び出した時だと結論《けつろん》付けられた。

「おお、これは美味《うま》そうだ」

バスケットの中身を見て、頬《ほお》を緩《ゆる》ませるフォーメッドから少し離れた場所で、ナルキが緊張《きんちょう》した様子で座《すわ》っている。

「おいっ！……どういうことだ？」

「えと……昼食の用意してなかったって言うから、誘《さそ》ってみたんだけど」

バスケットには二人で食べるには多すぎるように思えたし、先日の会話のこともある。

さすがにそれで気付かないほど鈍感《どんかん》ではないつもりだ。

「まったく……他人のことより自分の周りに目を向けろ」

「え？」

「なんでもない」

「おい、食わんのか？」

手を揉《も》んで中身を見つめているフォーメッドに、二人はひそひそ話を止《や》めた。

中身は仕事中ということを考えてくれたのか、サンドイッチの類《たぐい》だ。だが、薄《うす》く焼かれたパンはポケット状に開かれ、包まれた中身は色とりどりで、具材のどれにも手を抜いた様子はない。

嚙《か》み締《し》めれば口の中で濃厚《のうこう》な味が広がった。

フォーメッドが「美味い美味い」と繰《く》り返しながら食べている。

メイシェンの料理の腕《うで》が日を追うごとに上達しているのをレイフォンは感じた。

「課長、これも食べてみてください」

サンドイッチを一つ食べ終えたフォーメッドに、ナルキが次のものを差し出した。メイシェンが作ったにしては、あまり見た目がきれいではない。パンの焼け目にも焦《こ》げがあった。

「ん？　おお、すまんな」

受け取ったフォーメッドがそれに齧《かじ》り付く。

「ふ……む？」

フォーメッドが微妙《びみょう》な顔をする。レイフォンは、ナルキが緊張した面持《おもも》ちで食い入るようにその様子を見ていることに気付いた。

「ちとすっぱいが、これはこれでありだな」

そう言うと、前と変わらない速度で平らげてしまう。

ナルキの表情にほっとしたものが宿った。

予定の時間となり、貨物車両が倉庫の前に横付けされた。

都市警の面々が重い袋を担《かつ》いで荷台に詰《つ》め込むのを、レイフォンは離れた場所に一人隠れて様子を見ていた。荷物運びをしている面々以外は、各所に散らばって息を殺している。

　彼らとの連絡を繋《つな》ぐのは第五小隊の念威繰者だ。

（来るかな？）

　身を隠したままレイフォンは疑問を覚えていた。二度目の襲撃で、シャンテは罠《わな》が張られていることには気付いているはずだ。

（来ないかも）

　正常な判断ならそうするはずだ。だが、ゴルネオはシャンテの状態《じょうたい》は異常だという。それに正体の知れない武芸者のこともある。

（気を緩めるわけにはいかないな）

　そう思っていた矢先、いきなり、レイフォンの耳にこの場にいない人物の声が届《とど》いた。

（フォンフォン……）

「うわっ！　……フェリ？」

　口を押さえて辺りを見回し、小声で尋ね返す。

（なにをしてるんですか？）

「都市警のバイトですけど……」

　フェリならすでにこの場の状況《じょうきょう》を確認しているだろうにと思いつつ、答える。

（都市警の……？　今度はなんです？）

珍《めずら》しくフェリが興味《きょうみ》を示してきた。時間がないのにな〜と思いつつ、レイフォンは説明した。フェリはそれほど第五小隊との戦いで思うところはなさそうだし、その気になればすぐにでもわかってしまうのだ。言ってしまったほうが早い。

「えと……ですね」

これまでの経緯《けいい》をかいつまんで話す。話したところでフェリとシャンテがあまり仲良くなさそうだったことを思い出した。

失敗したかな？

そう思ったが、フェリはシャンテのことには興味を示さなかった。

（なるほど……手伝いましょうか？）

ただ、素直にそう言ってきた。

「え？」

予想外の申し出にレイフォンは驚いた。念威繰者として武芸科にいること自体嫌《いや》がっているのに、都市警の仕事を手伝おうかなんて……

（わたしが手伝ってはダメなんですか？）

「そ、そういうわけではなくてですね。あの、なんて言うか、今回はちょっと特別な事情ですから、僕《ぼく》の一存《いちぞん》じゃどうにもならないなぁって……」

（ぐだぐだと……なんですか？　あの以前に見た上級生に掛《か》け合えばいいんでしょう？）

「そういうことじゃなくてですね……」

（では、なんだって言うんですか？）

むっとした雰囲気《ふんいき》にしどろもどろになっていると、第五小隊の念威繰者から連絡が入った。

「あ、ちょっと待ってください、すいません」

フェリに待ってもらい念威繰者の連絡を聞く。

（目標捕捉《ほそく》、倉庫区Eエリアより急接近《せっきん》中）

「うわっ、本当ですか？」

本当に来るとは……ゴルネオの言葉が真実だったことに驚きながら、レイフォンは活剄《かっけい》を走らせた。

（どうしました？）

「すいません、ちょっと急いでますんでこれで。……あ、今日の訓練《くんれん》行けそうにないって伝えておいてください！」

（あっ！）

言うや、レイフォンは改めてニーナへの伝言を頼《たの》むとその場から飛び出した。

レイフォンはシャンテが向かうD17倉庫には向かわず、それとは違う倉庫の屋根に立つと、改めて殺到を使った。

そもそも、レイフォンが身を隠していた場所が、当の倉庫からかなり遠い場所にある。シャンテを捕まえるために隠れていたわけではない。

「見つかりましたか？」

（その気配はありません）

端的《たんてき》な念威繰者の返答だが、シャンテが動いた以上、あの気配もすぐ近くにいると感じた。

（殺到で隠れてるなら、タイミングの勝負だ）

レイフォンは意識《いしき》を集中した。

激《はげ》しい音がレイフォンの耳に届いた。ハトシアの実を載《の》せた貨物車両が横転したのだ。金属《きんぞく》のボディが地面を擦《こす》る耳障《みみざわ》りな音がここまで聞こえてくる。運転していたのは都市警に所属する武芸者なので、怪我《けが》はないだろう。

（作戦、成功です）

念威繰者の言葉とともに、静まろうとしていた空気に別種のざわつきが生じた。

殺到を止め、活剄を再度走らせる。

(反応出現！)

緊迫《きんぱく》した声に背中を押されて、レイフォンは跳躍《ちょうやく》した。

移動は瞬間。

倉庫の屋根を踏《ふ》み割《わ》らん勢いで、影の前に着地する。

「今日は逃がさない」

目の前にいる黒ずくめの武芸者を威嚇《いかく》しながら、レイフォンはそれ以外にも不審《ふしん》な気配があることに気付いた。

だが、レイフォンが行く手を塞《ふさ》いだことで全員が足を止め、レイフォンを囲むように動き始めていた。

シャンテの捕縛《ほばく》を諦《あきら》め、邪魔《じゃま》になるレイフォンから処分することに決めたのだろう。シャンテに何の目的があるのかわからないが、脱出するためには放浪《ほうろう》バスを使わなければならない。その時に、レイフォンがいては邪魔だと判断した結果だろう。

目の前に立つ武芸者はレイフォンたちの着る戦闘衣《せんとうい》に似たものを着、さらに顔を黒布《くろぬの》で覆《おお》い、奇怪《きかい》な獣《けもの》じみた仮面《かめん》を被《かぶ》っていた。仮面の目は対閃光弾《せんこうだん》用だろうグラスがはめ込まれている。腰《こし》には剣帯の他にそれらの弾薬《だんやく》がぶら下がっていた。

青石錬金鋼《サファイアダイト》を復元《ふくげん》する。太陽の光を剣身が青く反射《はんしゃ》させた。

目の前の武芸者も剣帯から錬金鋼《ダイト》を抜き、復元する。同じ剣だが、刃が鋸《のこぎり》のようになっている。切られれば肉ごと抉《えぐ》り取られることになりそうだ。

「名前は？」

「狼面衆《ろうめんしゅう》」

音声変換《へんかん》された声でそう答えた。

「グレンダンの天剣授受者の実力、見せてもらおう」

「元……だよ」

レイフォンのことが知られていることに驚きながら、慎重《しんちょう》に剣を持ち上げた。狼面衆を名乗る武芸者は剣を水平に構《かま》え、片手突きの構えを取る。鋸刃は相手の武器を折るためにも使うのだろう。

周囲の気配がぐっとレイフォンに威圧《いあつ》をかけてくる。

相手が動いた。

剣先に殺気を迸《ほとばし》らせ迫《せま》るのに、レイフォンは右斜《なな》めに構えた剣に力をこめた。

瞬間、空いていた左手が閃《ひらめ》いた。

レイフォンの眼前に数個の閃光弾が放り投げられる。

光と轟音《ごうおん》がレイフォンと狼面衆を包む。

漂白《ひょうはく》された視界の中で、レイフォンは迫る殺気だけを頼りに剣を振り下ろした。

確かな手ごたえが腕に伝わった。狼面衆の突きは腰砕《こしくだ》けに勢いを失ってレイフォンの左側を駆け抜ける。

どさりとした音が背後でした。

周囲の気配が異変を見せる。威圧するだけだった殺気が急速にレイフォンを囲む輪《わ》を縮《ちぢ》めた。

目を開けると、倒した武芸者と同じ恰好《かっこう》をした連中がレイフォンを囲んでいた。閃光弾が放り投げられた時、レイフォンは咄嗟《とっさ》に目を閉じた。直接目を焼かれなければ、活剄で即座《そくざ》に視力を回復できる。それでも、あの突きを対処する瞬間は間に合わなかった。

狼面衆……彼ら全員を指す名だろう。

レイフォンの目がすでに回復していることに、狼面衆は動揺《どうよう》を見せた。

「やるか去るか、好きなほうを選べ」

「…………」

わずかに無言の時が流れ、狼面衆は倒れた仲間を担《かつ》いでその場から姿を消した。

遠のく気配に、レイフォンは剣を元に戻した。

†

いっそ、与えてみたらどうか？

昨夜の話し合いの中で、レイフォンが疲れて投げやりに言ってみたのが作戦の根幹《こんかん》だった。

シャンテはあの倉庫にハトシアの実があることをどうやって知ったか？　狼面衆と名乗る一団が教えたかとも考えたが、それではその時にシャンテを捕まえればいいだけの話だ。普段から警護《けいご》されているわけでもない一学生だ。接触《せっしょく》の機会も拉致《らち》の機会もいくらでもあった。

シャンテが自らの嗅覚《きゅうかく》でそれを察知したとしたらどうだ？　また、シャンテは夜になると一時、外へと一人で出かけていくことはゴルネオも同居人も知っていた。他にも知っていた者がいてもおかしくない。

獣に育てられた影響《えいきょう》か、シャンテの五感は剄で強化する以前から常人よりも優《すぐ》れている。その視覚は光のない闇を見透《みす》かすほどだ。

倉庫区から流れるかすかなハトシアの実の匂《にお》いを嗅《か》ぎつけて存在《そんざい》を知ったのだとしたら？

その匂いに引かれて、今の考えなしの襲撃が行われているのだとしたら？

だとすれば、シャンテがハトシアの実を求めているのは個人的な理由、あるいは本能に起因《きいん》する理由で、悪用する危険性はひどく低い。

「……なにこれ？」

そんな作戦の結果を目の当《ま》たりにして、レイフォンはただ、そう呟くしかなかった。

「にゃんにゃん♪」

荷台から零《こぼ》れた袋《ふくろ》は破れ、路上にハトシアの実が敷《し》き詰《つ》められたようになっていた。

「にゃんにゃんにゃん♪」

そのハトシアの実の上で、シャンテはひどくご機嫌《きげん》な顔でごろごろと転がっている。

それをフォーメッドやゴルネオたちは、啞然《あぜん》として見つめていた。

「にゃんにゃんにゃんにゃん♪」

「なんか、別のですけど、こういう物を喜ぶ愛玩《あいがん》動物がいたような気がするんですが」

「……いたな、そういうのが」

ナルキが脱力《だつりょく》した様子でそう呟き、フォーメッドが同意した。

そこに捜査員《そうさいん》らしき都市警察の生徒がやってきて、フォーメッドに耳打ちした。

「そうか……で、リンカの方はどうだ？」

「店はこの時間になっても開いていません。それに、店主に事情聴取《ちょうしゅ》にむかったのですが見つからず……」

「ふむ……」

「なんですか？」

ナルキが聞き、レイフォンたちも眉間《みけん》にしわを寄せるフォーメッドを見た。

「彼女だがな……発情期だ」

「は？」

苦々しいフォーメッドの言葉に、全員がきょとんとした。フォーメッドがため息を吐きながら、報告に来た生徒に促《うなが》した。

「はい。ええ……シャンテの育ての親となった獣ですが、特殊《とくしゅ》な条件下でしか発情しないらしく。それがハトシアの実なんです。もともと生殖《せいしょく》機能に問題があるため、ハトシアの実の興奮《こうふん》作用を利用しなくては、そういう気にならないという……」

ハトシアの実の上で悶《もだ》えるシャンテをちらちらと見ながら、生徒はなんとも言いにくそうに説明した。

フォーメッドが引《ひ》き継《つ》ぐ。

「獣に育てられたとはいえ、その体質まで獣に染《そ》まることはないとは思うがな……本来なら」

だが、シャンテは年齢《ねんれい》の割にあまりにも体が小さい。また、その五感が武芸者も含んだ通常の人間よりも遥《はる》かに優《すぐ》れていることはすでに証明されている。

人という形のまま、武芸者という才能のままに、育ての獣の性質と本能を引き継いだ、人の形をした生命体。

亜人《あじん》とでも呼ぶべき枠《わく》がシャンテには相応《ふさわ》しいのかもしれない。

「つまり、そういうことか」

「そういうことですね」

「まったく……」

ナルキとフォーメッドの頷きあいの横で、ゴルネオが長いため息を吐いた。

「迷惑《めいわく》をかけた末がこれか……シャンテっ！」

ゴルネオが大声を上げて怒鳴《どな》った。

すると、ハトシアの実の上で悶えていたシャンテが動きを止めた。鋭《するど》い視線がゴルネオに刺《さ》さる。

次の瞬間……

「うう……シャアアアアッ！」

「なっ、うおっ！」

シャンテが吠《ほ》えた瞬間、その場を囲んでいた連中全員が押し飛ばされ、地面に転げた。

レイフォンだけはなんとか衝撃をいなして、なにが起こったのかと砂粒《すなつぶ》の舞《ま》う中で目を細く開いた。

一番近くにいたゴルネオは尻餅《しりもち》をついただけで、その場にいた。

「……へ？」

その目の前に、シャンテがいなかった。

別の女性がいる。長い赤毛を背中にたらした、肉感的な大人の女性だった。肉感的であるというのがなぜわかるかといえば、その答えは簡単だ。

その女性は服を着ていなかった。

服の残骸《ざんがい》らしきものが、辺りに散らばったハトシアの実の上に転がっている。

地面で四つんばいのまま、女性が伸びをする。目を瞠《みは》る美貌《びぼう》が赤い髪を揺《ゆ》らして仰《の》け反《ぞ》る。羞恥心《しゅうちしん》のないその行動で女性の胸に育ったたわわな実が揺れた。顔を真っ赤にするには十分な破壊力に、レイフォンは視線をそらした。

「シャンテ……か？」

尻餅をついたままだったゴルネオが呟いた。

「え？」

一瞬信じられなかった。だけど、そこにいたはずのシャンテがいなくなり、代わりに全《ぜん》裸《ら》の女性がいることの理由が手品以外であるとしたら、それしかない。

ただ、巨軀とはいえゴルネオの肩《かた》に乗るほど小さなシャンテが、彼に並ぶほどの長身の美女に変化した物理的現象が納得《なっとく》できない。

ただ、子作りをするという意味では、あの小さな体よりもいまの姿の方がはるかに納得できる。

そして、ハトシアの実が剄脈加速薬という側面を持っていることにもレイフォンは考えが及《およ》んだ。

特殊な加工をしなければ剄脈加速薬として成り立たないというが、そのために必要な成分があの実にあることは確かだ。通常のままでは常人には効果を及ぼさなくとも、シャンテの鋭《えい》敏《びん》な感覚がそれを受け入れ、剄脈を加速させていたとしたら……

「シャンテの剄脈は……普段は制限がかかってる？」

「……どういうことだ？」

「今のシャンテからは、剄脈加速薬特有の無茶な剄の流れは感じない。ということは、シャンテにとってこの状態は異常なことじゃないんだ」

到脈の制限が外れたことによって、副産物《ふくさんぶつ》的に止まっていた肉体の成長も促進《そくしん》されたと考えることもできる。

「つまり、シャンテのあの状態が異常だったと……？　たしかに、あの年であの体格は異常だが……」

ゴルネオが唸《うな》りながらシャンテを見ようとして、目を背《そむ》けた。シャンテであろう全裸の美女は羞恥心が皆無の様子で体を震《ふる》わせている。

レイフォンも目をそらしたまま、考えた。

（もしかして、あいつらこれのことを知ってた？）

だから、シャンテを狙ったのか？

この不可思議《ふかしぎ》な現象の理由がシャンテの遺伝子《いでんし》にあるのだとしたら——そうとしか考えられないけれど——それを知っている者たちが狙ったとしてもおかしくない。

そこまで考えたところで……

「ふうっ！」

シャンテがすぐ側にいるゴルネオに気付いたと思ったら、爛々《らんらん》と目を輝かせた。

「お、おい……」

「フシャアァァァァァァッ!!」

いきなり、だ。

シャンテがゴルネオに飛びかかり、なんと服の奥襟《おくえり》を咥《くわ》えると跳躍《ちょうやく》した。美女の行う獣的な行為は小さな時のシャンテがやるよりもはるかに迫力があり、レイフォンも動けなかった。

正直、ちょっと怖《こわ》かった。

「ぐふっ！」

襟で首を絞《し》められたゴルネオの呻《うめ》きを最後に、二人の姿は倉庫区の奥、果樹園の方に消えていった。

あまりの出来事にいまだに周囲にはぽかんとした沈黙《ちんもく》が続いていた。

「まとめると……」

フォーメッドが途端《とたん》にやる気をなくした様子で呟いた。

「ハトシアの実を使って発情期に入ったシャンテが、好意を持つ相手をひっ捕まえてどこかにいったと……」

「そういうこと……なのかなぁ？」

レイフォンは自信なく首を傾げる。

「……これって、追いかけないといけないのでしょうか？」

「……ならんだろうな」

ナルキの問いに、フォーメッドは疲れた声で答えた。

その後、ゴルネオを捜索《そうさく》するために再び動き始めたが、成長したことによるためか、はたまたレイフォンの予測が正しかったのか、その運動能力は劇的《げきてき》に向上しており、第五小隊の念威繰者だけでは捕捉できず、フェリの協力を仰《あお》がねばならなくなった。

そのシャンテも翌日には元の大きさに戻ってしまっていた。事実を知った医療《いりょう》科と錬金《れんきん》科がこぞってシャンテの体を調べようとしたが、今のところ彼女を捕まえることに成功したものはいない。

スイート・デイ・スイート・ビフォア

ミィフィが目覚めると、二つの徹夜顔《てつや》があった。

「なにしてんの？」

「いや……」

「ちょっと……」

ミィフィの寝《ね》ぼけた頭でも、二人の言葉の濁《にご》しようにはピンときた。

「で、できたの？」

「う……むぅ……」

「なんとか、ね」

確か、レイフォンとナルキが学校を休んで都市警察《けいさつ》の仕事に出かけるのでメイシェンは弁当《べんとう》を作ると言っていた。きっと、それを作っていたのだろう。

だが、メイシェンだけならば弁当を作るのに徹夜をすることはない。いくら今日がバンアレン・デイでも、レイフォンには何度も弁当をご馳走《ちそう》しているのだから。

となると、今日のメインはナルキということだ。

ミィフィ的には冴《さ》えない老《ふ》け顔の先輩《せんぱい》にしか見えないが、ナルキには良いのだろう。

「ふわっ……」

あくびが止まらない。ミィフィも昨夜はわりと遅くまで原稿《げんこう》に取り掛かって、そのまま気《き》絶《ぜつ》するように眠《ねむ》ってしまっていた。

「じゃ、先に行くな」

ミィフィがぼうっとしている間に身支度《みじたく》を整えたナルキがこちらに声をかけてきた。すでにその顔には徹夜の疲労《ひろう》はない。武芸者の体力を、こういう時は羨《うらや》ましいと思う。ナルキが行き、メイシェンと顔を合わせる。こちらの方はやはり徹夜の疲労が消えていない。恋《こい》の力でも徹夜のクマは消せないようだ。

ミィフィも、できれば二度寝したい。原稿は放課後までに渡せばいいわけだし。

「レイとんいないし、午前はずるっこする？」

「し、しないよ」

ミィフィの言葉に、ちょっと心揺《ゆ》れたようにも見えたが、メイシェンは洗面場に行ってしまった。

「しょうがない。わたしも行くかー」

とりあえず自分の部屋に戻り、鞄《かばん》の用意をする。

「あれ……？」

ふと気が付いて、ミィフィは愕然《がくぜん》とした。

「そういえばわたし、誰《だれ》にもあげないじゃん」

その事実にいまさら気付き、朝からちょっと寂《さび》しくなったミィフィであった。

ア・デイ・フォウ・ユウ03

その日、ニーナはひどく手持ち無沙汰《ぶさた》に練武館《れんぶかん》での時間を過《す》ごしていた。

「ふむ……」

一通り型《かた》の練習を終え、息を整えてからタオルで汗《あせ》を拭《ぬぐ》う。

動きを止めると、とたんに静寂《せいじゃく》に包まれて居心地《いごこち》の悪さが押し寄せてくる。普段《ふだん》とは違う空気にニーナは眉《まゆ》をひそめ、見回した。

ニーナ以外に、第十七小隊《しょうたい》の面々は誰《だれ》もいなかった。

レイフォンは昨日《きのう》のうちから休みを申告しているし、シャーニッドは今日のギリギリになって休むと言い出した。フェリに関しては連絡《れんらく》すらよこさない。錬金鋼《ダイト》のメンテナンスも毎日やるわけではないので、今日はハーレイも顔を出さない。

「まったく……」

そう零《こぼ》しながら、ニーナは今日がなんの日かを改めて考えた。

今日はバンアレン・デイだ。

愛の告白《こくはく》の代わりにお菓子《かし》を贈《おく》るという奇妙《きみょう》な風習はツェルニ独特《どくとく》のものではない。去年、商業科の製菓《せいか》関係の店を営業している連中が他都市の風習を知り、大々的なキャンペーンを打ったのだ。

恋愛《れんあい》ごとに一番興味《きょうみ》のある年代が集まっているだけに、生徒たちは喜んでその風習を受け入れ、そして今年もその日がやってきた。

「まったく……」

もう一度呟《つぶや》き、ニーナはタオルを放《ほう》ると一人では広い訓練室《くんれんしつ》の中央に立ち、活剄《かっけい》を走らせ、型の練習を再開《さいかい》する。

普段ならば防音効果《ぼうおんこうか》のあるパーティションを揺《ゆ》るがすほどに他の小隊の訓練する音が聞こえてくるのだが、今日はその音も控《ひか》えめのような気がする。

小隊員は武芸科の中でも特に優《すぐ》れた技量《ぎりょう》の持ち主が選ばれる。さらに対抗試合《たいこうじあい》ともなれば野戦《やせん》グラウンドの観客席が埋《う》まり、モニター中継《ちゅうけい》されるほど人気もある。中には固定ファンが付く者もいるほどだ。

「そういえば、去年もこんな感じだったかな？」

どうだったろうかと思い出しながら鉄鞭《てつべん》を振《ふ》るっていると、姿勢《しせい》が崩《くず》れた。倒《たお》れるのを踏《ふ》みとどまり、改めて集中する。

「よけいなことは考えるな」

武芸者といってもやはり学生なのだ。恋愛ごとに興味がないわけではない。周りから絶《た》え間なく噴《ふ》き出しているバンアレン・デイという名の熱気に当てられたとしても責《せ》められたことではない。

だが、

「わたしは、わたしだ」

わたしには関係ない。心に強くその言葉を置くと、ニーナは一から型の練習をやり直した。

いつも通りの訓練時間まで型の練習を繰《く》り返すと、ニーナはシャワーで汗を流した。今日は機関掃除《そうじ》もない。特に寄りたいところも思いつかず、まっすぐに寮《りょう》に帰ろうと思いながら正面玄関《げんかん》を抜け出た。

「アントーク先輩《せんぱい》!」

いきなり降《ふ》りかかった黄色い声に驚《おどろ》いていると、正面玄関の脇《わき》に待ち構《かま》えていた女子生徒の集団がニーナを取り囲《かこ》んだ。

「な、なんだ、君たちは?」

敵意《てきい》を持って向かってくる連中に怯《ひる》むニーナではないが、あからさまな好意とともに群《むら》がってきた女子生徒たちにはニーナも打つ手が思いつかない。戸惑《とまど》っているうちに逃げ場を失ったところで、浴《あ》びせかけるように話しかけられた。

「先輩、わたし……」

「先輩！　あたしの気持ちですっ！」

「あの、これ……先輩に」

「受け取ってください！」

「食べてください！」

一斉《いっせい》に差し出されたものに、ニーナは目を丸くした。女子生徒たちの手にあるのは色んな種類があるものの包装《ほうそう》されリボンをかけられているということは統一《とういつ》されている。

中身がなんなのか、想像する必要はないだろう。

「……君たち、今日が何の日か知っているのか？」

こめかみに冷たい汗を感じながら尋《たず》ねる。

「わかってます！」

「……だから、わたしたち」

「話し合ったんです。……」

「先輩に迷惑《めいわく》をかけたくないし……」

「尊敬《そんけい》してる人にあげてもおかしくないです」

言いたいことはなんとなく理解《りかい》できた。武芸科は剣帯《けんたい》の色だが、一般教養科《いっぱんきょうようか》はネクタイやリボンの色で学年を区別する。ニーナを先輩と呼んでもいるのだし、全員が一年か二年の後輩なのだろう。

(……尊敬だと?)

疑問《ぎもん》に思うのは、これだ。

そう言われたことはいままでもある。多くは後輩の武芸科生徒、しかも女子たちだ。彼女らにとっては下級学年に分類される三年生でありながら小隊員、しかも隊長になっていることが憧《あこが》れを抱《いだ》かせているのだろう、ということは納得《なっとく》できる。

だが、彼女たちは一般教養科の生徒で武芸とは何の関係もない。

それに彼女たちがニーナに向ける視線《しせん》は尊敬というには少し熱がありすぎるような気がした。

(変な風向きだな)

そう思ったが、結局彼女たちの熱意に負けてお菓子は受け取ることになった。

しばらく呆然《ぼうぜん》とし、嬉《うれ》しそうに去っていく後輩たちの背《せ》を見送っていたニーナだが、

「まぁ、一人だけにもらったわけではないし」

そう思うことにして足を動かした。

ふと、ニーナは自分の横顔に視線《しせん》を感じた。

顔を動かさないまま周囲の気配を探《さぐ》る。誰もいない。だが、視線は頬《ほお》を撫《な》でるようにニーナに貼《は》り付いている。

(奇妙だな)

そう思う。

誰かが隠《かく》れてニーナを窺《うかが》うにしては、視線は無遠慮《ぶえんりょ》に向けられているようにも感じる。例えば、顔見知りに先に見つけられたような、声をかけるかどうか迷《まよ》いながらニーナを見ている、そんな感じだ。

(まだ誰か隠れているのか?)

先ほどの下級生の一団に混《ま》じれなかった者がいるのかもしれない。

「誰かいるのか?」

立ち止まり、ニーナは周囲に声をかけた。視線は右頬に当たっていた。そちらには植樹《しょくじゅ》された小さな丘があり、夕暮《ゆうぐ》れをはらんで薄暗《うすぐら》い静寂《せいじゃく》を保《たも》っていた。

木が視界を遮《さえぎ》っているが、誰かがいる様子はない。

「奇妙な……気のせいかな?」

首を傾《かし》げると、ニーナは再《ふたた》び歩き出した。両手で抱《かか》えるようにして運ぶお菓子の包みの山が崩《くず》れそうになる。

(今日は、歩きで帰るのはやめるか)

そう決めると、丘を抜けた先の分かれ道で停留所《ていりゅうじょ》へと足を向けた。


「あはははははははははっ!」

寮に戻ったニーナを見て、レウはすぐに事情を察《さっ》し、そして大笑いされた。

「なっ、笑うことじゃないだろう?」

そう思うのだがニーナ自身、頰を赤くしてむきになって言っているのだから説得力がない。

「だって……それ絶対女の子からじゃない。ぷっ……あははははははっ!」

腹《はら》を抱《かか》え、いまにも応接室兼談話室《おうせつしつけんだんわしつ》のソファから転《ころ》げ落ちそうになっているレウを睨《にら》む。

だがすぐ虚《むな》しくなってテーブルにお菓子を置くと、対面のソファに腰《こし》を下ろした。

「わたしだって、もらいたくてもらったわけじゃない」

頰を膨《ふく》らまして呟く。

「まぁまぁ、たくさんもらったのね〜」

そこに、夕食の支度《したく》をしていたセリナがやってきた。テーブルに積《つ》まれたお菓子の箱を興味《きょうみ》深げに眺《なが》めると、おもむろに一つに手を伸《の》ばし、勝手に開けた。

「あ、セリナさん」

「な〜に？」

「いや、それわたしの……」

一応、くれた女の子たちへの礼儀《れいぎ》がある。そう思うのだが、セリナは気にした風もなく中身を取り出した。

大き目のクッキーが小さな箱に詰《つ》められている。

「ふ〜ん……」

「セリナさん？」

食べる様子もなく、指で挟《はさ》んだクッキーを電灯《でんとう》に透《す》かすようにしていたセリナは「えい」と半分に割った。

「うひゃっ！」

悲鳴を上げたのはレウだ。

セリナがクッキーを割ると、テーブルの上に粉状《こなじょう》になった破片《はへん》とともに黒い何かが落ちてきた。

「な、なんで?」

レウが誰《だれ》にともなく尋ねる。ニーナもテーブルに落ち、いまだクッキーの断面《だんめん》から垂《た》れ下がっているものを見て目を見開いた。

見間違えるはずがない。

人の髪《かみ》だ。

テーブルに落ちた長々とした髪があちこちにクッキーの破片を付けてとぐろを巻《ま》くのに、ニーナとレウは身震《みぶる》いした。

「あーらら」

「な、なんなんです?」

のどかに声を漏《も》らすセリナに、ニーナは聞いた。

「もしかしたら〜と思ったけど、ほんとにやる人いるんだねぇ」

「だから、なに?」

レウも苛立《いらだ》たしげに尋ねる。

「いやね〜、バンアレン・デイにあわせて変なおまじないが流行《はや》っててね」

「おまじない?」

聞きなれない言葉に、二人はセリナの顔を見た。

「ん～願い事を叶《かな》える方法って言えばいいのかな？　あるかないかわからない超《ちょう》自然的な力に頼《たよ》っちゃおうっていうか……まぁ、好きな人に自分の体の一部を食べてもらうと両想《りようおも》いになるっていうおまじないなんだけどね」

「で、髪？」

「そうなったみたいねぇ。まさか、本当に自分の肉を食べさせようとするところまでイっちゃう人はそういないだろうし」

「いても困りますよ」

即座《そくざ》にそう答えながら、ニーナはもしかしたら他のお菓子もそうなっているかもしれないと思ってしまった。

そうなるともう食べる気はしない。

「ねぇねぇ、チェックさせてもらっていい？」

「わたしのいないところでしてください」

セリナの申し出に、ニーナはげんなりと答えた。

と、あまりにも楽しそうに残りのお菓子の箱を抱えようとするセリナに疑念《ぎねん》が生じた。

「……もしかして、流行らせたのセリナさんじゃないでしょうね？」

「違うよう、わたしは聞かれただけぇ」

「って、誰にですか!?」

すんなりと認《みと》められると逆《ぎゃく》に驚《おどろ》いてしまう。

「司法研《しほうけん》の友人が他力本願を求める男女の統計《とうけい》が知りたいっていうから、こういうのがあるよって教えただけ～。好意の究極《きゅうきょく》は相手との同化だもの、自分の一部を相手に食べさせようっていうのは、いわばその代償行為《だいしょうこうい》よね」

「……明日あたり、食中毒患者《しょくちゅうどくかんじゃ》が大量発生したらセリナさんのせいですからね」

「も～、そんなに怒《おこ》んないでよう。あ、そうだ」

セリナは妙案《みょうあん》を思いついたと手を打った。

「びっくりさせたお詫《わ》びに、いいおまじないを教えてあげるから」

「……なんですか？」

「好きな人の無事を願うおまじない」

「うわぁ……ここまでセリナさんに似合《にあ》わない言葉も珍《めずら》しい」

「あ、ひどいんだ～」

レウの言葉に、セリナが頰を膨《ふく》らませる。

「好きな人は実験体《モルモット》とか言いそうな人がなにを言ってるんだか……」

「ふうん、だ。じゃあ教えてあげない」

「えー、別にかまいませんとも」

「レウちゃんの彼氏が来年も小隊員になれなかったら、レウちゃんの愛が足りなかったってことにしてやろうっと」

「ぶほっ！」

セリナの思わぬ一言は、レウに飲みかけのお茶を吐《は》き出させ、ニーナの目を丸くさせた。

「なっ、なっ、なっ……」

「レウ……彼氏がいたのか？」

そういう浮いた感じをまるで見せないレウなだけに、意外だった。

「違うっ！　あれはそんなんじゃない！」

否定《ひてい》しても顔を真っ赤にして動揺《どうよう》していては説得力がない。

「あれは昔のクラスメート、それだけ」

「じゃあ、わたしも知ってる相手か？」

ニーナとレウは一年の時、同じクラスだった。その時の武芸科の顔を思い出そうとしていると大声が邪魔《じゃま》をした。

「思い出さなくていい！」

「レウ……それだと一年の時の誰かだって、言ってるようなものだぞ？」

自分の失敗に気がついたレウが呻《うめ》いた。

「はいは〜い。だから、そんなレウちゃんとニーナちゃんの彼氏の武運長久《ぶうんちょうきゅう》を願うおまじないを教えてあげるよ」

「セリナさん、だから違いますって」

昨日もセリナは、ニーナにレイフォンのためのお菓子を作らせようとしていた。

「まぁまぁ、そういうことにしといてあげるから、聞きなさいって。それはね……」

セリナが声を潜《ひそ》める。レウが無念そうな顔をしながらもその言葉に耳を傾《かたむ》け、ニーナも自然、セリナに顔を近づけた。

「……の……をね、あげるの」

セリナが言い終えた時、二人の顔が同時に赤くなった。

同じように、二人してももをぴったりと合わせ、スカートを手で押さえる。

「さっきと一緒《いっしょ》よ〜。他人には簡単に見せない場所にある自分の一部を相手に持たせることで無事を願う気持ちを届《とど》けるの。うちの都市の武芸者はみんなこうするのよ」

「絶対嘘《うそ》だ！」

ニーナとレウは声を揃《そろ》えて否定した。

「うう……」

†

夕食を済《す》ませると、ニーナは一人、寮を出た。

腰には剣帯を巻き、体に密着《みっちゃく》した訓練着の上に上着を羽織《はお》って出る。機関掃除《そうじ》のない日はよくこうする。体を動かし足りないと思ってしまうのだ。

ニーナたち三人が住む寮は建築科《けんちくか》の実習区画にあり、そこかしこに建築中、あるいは取り壊《こわ》し中の建物がある。ニーナは自分の部屋の窓《まど》で確認《かくにん》した更地《さらち》の土地を目指した。

むき出しになった地面の中央に立ったニーナは、剣帯から錬金鋼《ダイト》を取り出そうとしてその手を止めた。

（まただ……）

また、視線を感じた。練武館の帰り道と同じものだ。敵意《てきい》はないのだが、正体がしれないというのが気持ち悪い。

「何の用だ？」

苛立《いらだ》ちを即座《そくざ》に吐《は》き出して、周囲の空気を窺《うかが》った。

「尾行《びこう》されるような覚えはないぞ」

これで答えなければ視線の先に衝到《しょうけい》を放つ。そう決めて相手の返事を待った。

「待った待った、敵《てき》じゃねぇよ」

こちらの気配を察知したのか、返事はすぐに来た。

暗闇《くらやみ》から湧《わ》き上がるように現《あらわ》れたのは、武芸科の生徒だった。剣帯の色からして最上級の六年だ。身長は高く、足が長い。少し手入れをサボっているような癖《くせ》のある赤髪《あかがみ》の下には油断《ゆだん》のできない瞳《ひとみ》があった。

「……何の用でしょうか？」

警戒《けいかい》を解《と》かず、いつでも錬金鋼《ダイト》を抜けるようにしてニーナは尋ねた。先輩とはいえ、夕方からずっと尾行していたことになる相手だ。なにを考えているのか、わからない。

「いいね、その態度《たいど》」

赤髪の青年は楽しそうに笑った。

どこか挑戦《ちょうせん》的なその態度に、ニーナは錬金鋼《ダイト》を摑《つか》みそうになった。

だが、止《や》めた。

(なんだ？　この男……)

青年は飄々《ひょうひょう》とした風情《ふぜい》を装《よそお》ってニーナに近づいてきている。手はだらりと下げて歩く動作のままに揺《ゆ》れている。身構《みがま》えた様子などどこにもないというのに、油断のできない空気が流れていた。

抜き打ち勝負をすれば自分が負ける。そう思ってしまったのだ。

（できる）

ニーナにここまで緊張《きんちょう》を強《し》いるような武芸者がツェルニにいたということに……いや、そんな人物をいまだ知らなかったことに、驚いた。

青年の顔に見覚えはない。小隊員ではないということだ。

「それに、見る目もある。上等だ」

間近までゆっくり歩いてきた青年は満足そうに頷《うなず》いていた。

「おれの名前はディクセリオ・マスケイン。まぁ、ディックと呼んでくれ。君は？」

「知らないで付け回していたんですか？」

「事情《じじょう》が事情なんでね。仕方がない」

「……ニーナ・アントークです」

どういうことかと聞きたくなったが、深入りする危険《きけん》を避《さ》けた。

（偽装《ぎそう》学生か？）

そういう人間がいることは知っている。学費を納《おさ》めないままにツェルニの授業を受けようと思う者がいるらしい。

だが、そんな者はごく少数だし、すぐに見つかってしまう。偽装学生のほとんどは他都市から研究データ等を盗《ぬす》むためにやってきた盗賊《とうぞく》集団だと聞いている。

（この男、その類《たぐい》か？）

これだけの実力者が小隊員にもならず、また噂《うわさ》すら聞いたことがないというのはおかしい。ニーナの警戒心を強めさせた。

「お、どうやら疑われてるな」

表情から察したのか、それでもディックは楽しそうな顔のままで言葉を繋《つな》げた。

「では、こういうのはどうだ？　お前さんが、ツェルニの正式な学生証《しょう》がなければ入れない場所に関した問題を出してくれ」

「ふむ……では」

「ああ……なるべく古くからあるのがいいな」

「どうしてだ？」

「新しいのだと、おれが知らないかもしれない。昔っからある有名な奴《やつ》だといいな。希望として」

「都合《つごう》のいいことを」

そう言いながらも、ニーナはディックの要望どおりの問題を思いついた。

「生徒会役員棟《とう》一階奥《おく》にある像《ぞう》だが、あれの台座《だいざ》にはずっと昔に誰かが悪戯《いたずら》で文字を刻《きざ》んだ。それにはなんと書いてある？」

「求めよ、ならば力尽《ず》くで、だ」

にやりと笑ったディックがすんなりと答えを口にした。

「では、次だ。その台座に最初に刻まれていた文字は？」

「求めよ、されば与《あた》えられん」

去年まではその文字も残っていたが、今年になって生徒会の人間たちの手で元の文字はきれいに消されている。元の言葉ではなく、悪戯書きの方が残されたのは、書いた人間が過去のツェルニ武芸科で最優秀《さいゆうしゅう》の成績《せいせき》を残した生徒だからだ。

それを知っているということは、すくなくとも最近潜伏《せんぷく》した輩《やから》ではないということだ。

「お？　まだ疑ってるな」

表情に出したつもりはないが、読まれてしまった。

「ま、こんなもんで疑いが晴れるとは思ってないけどよ。どうだろうな、頼《たの》みを聞いてくれるなら、前払いでおれのとびっきりの技《わざ》を教えてやるぜ」

「技、だと？」

「練武館での練習は見せてもらったぜ。双鉄鞭《そうてっべん》なんて渋《しぶ》い武器選ぶってところが気に入っちまった。どうだろうな？」

「……技によるな」

「絶対、欲しがるぜ」

言うや、ディックは後ろに跳《と》んでニーナと距離《きょり》を開けた。手が剣帯に伸びる。反射《はんしゃ》的にニーナも合わせて錬金鋼《ダイト》を抜き、復元《ふくげん》した。

ディックの手に鉄鞭が握《にぎ》られた。一振《ふ》りだが、ニーナのものよりもはるかに大きい。もはや金棒《かなぼう》の領域《りょういき》に届《とど》きそうな打撃武器にニーナは目を瞠《みは》った。

「じゃあ、いくぜ」

ニーナが活剄《かっけい》を走らせたと見るや、ディックから動いた。

瞬間《しゅんかん》、ディックの姿が残像《ざんぞう》を残して消えた。

「っ！」

（速いっ）

咄嗟《とっさ》に横っ飛びに躱《かわ》す。ぎりぎりの判断は正しく、ディックはニーナの元いた位置に正面から現れ、鉄鞭を振り下ろした。

びりびりと、空気が震《ふる》えてニーナの全身を打った。

「お、避《よ》けたか」

地面を叩《たた》いた鉄鞭を振り上げ、肩《かた》に担《かつ》ぐようにしながらディックはニーナを見た。

「練習してんの見たが、防御《ぼうぎょ》が得意なようだな。だけどよ、受身ばかりじゃどうにもならない時ってのもある。攻撃《こうげき》は最大の防御だ。バカみたいにまっすぐに突っ走るのは、意外にお前の性《しょう》に合ってる気がするからな」

言うと、鉄鞭を担いだままゆっくりと腰を下ろした。

今度は、見えるようにゆっくりとやる気だ。

(見るんだ)

レイフォンに教えられたように瞳に剄《けい》を注《そそ》ぎ込み、ディックの剄の流れを見ようとした。

剄脈のある腰、そして鉄鞭を中心に剄が波紋《はもん》を描《えが》いて大気に広がっていく。だが、それは拡散《かくさん》しているわけではなく、ある一定の距離まで離れると新たな流れを作って剄脈から鉄鞭へ、鉄鞭から剄脈へという無限循環《むげんじゅんかん》を作り上げていた。

肉体の内と外で作り上げられた剄脈回路は、疾走《しっそう》する活剄を強化し、同時に衝剄《しょうけい》を鉄鞭に凝縮《ぎょうしゅく》させていく。

「己《おのれ》を信じるならば、迷《まよ》いなくただ一歩を踏み、ただ一撃を加えるべし」

唐突《とうとつ》に、ディックがそう呟いた。

「おれに武芸を教えた祖父《じい》さんの言葉だ」

その言葉と同時にディックの姿が再び消えた。

今度はぎりぎりまで感覚を研《と》ぎ澄《す》ませて、なにが起こっているのかを見た。

無限循環を作っていた剄の流れが引き千切《ちぎ》れるように形を変え、足と鉄鞭に吸い込まれるようにして消えた。足に吸い込まれた剄は移動用だ。旋剄《せんけい》に近いものがあるだろう。

ならば鉄鞭は？

だが、確認しきることができなかった。足の動きを見るだけで精一杯《せいいっぱい》だ。もはや逃げることもできない。ニーナは両の鉄鞭をディックの攻撃の軌道《きどう》上に置いた。

三振りの鉄鞭が火花を散らして衝突《しょうとつ》する。

衝突の均衡《きんこう》は、即座《そくざ》に崩《くず》された。

両方の腕に、そして背中に、全身にと衝撃と振動《しんどう》が走り抜け、ニーナは堪《こら》えることもできずに地面に叩きつけられてしまった。

「はっ⁉」

気を失ったということに気付いて、ニーナは跳《は》ね起きた。

「お、やっぱ頑丈《がんじょう》にできてんな」

声はすぐそばでした。

「それに気が付くのも早い。さすがは小隊長殿《どの》か？」

まだ全身が痺《しび》れているような感じがする。ニーナが頭を振っていると、そう言われた。

「さっきの技は？」

「祖父さんの教えを基《もと》に、おれが作ってみた。中々のできだろ？」

「中々どころか……」

あの一瞬、頭から足の先まで衝撃が駆《か》け抜けるのと同時に、全身が気持ち悪いほどに震え、神経《しんけい》が混乱《こんらん》した。あれでは、たとえ受け止めたとしても堪えられない。

「雷迅《らいじん》と名付けた。剄の密度《みつど》しだいだが、人でも汚染獣《おせんじゅう》でも使えるぜ」

「わたしに、使えるでしょうか？」

ニーナの脳裏《のうり》から、先ほどまでの疑いは消えていた。凄《すさ》まじい技を見せられたということもあるが、それ以前にこんな技を簡単《かんたん》に教えようというディックの態度《たいど》に感服《かんぷく》してしまった。

「剄脈の使い方さえ心得てたら、あとは心がけしだいじゃねぇか？　どんな技も」

「ありがとうございます」

ディックの返答に、ニーナは頭を下げた。

「頼みっていうのは、お前さんにしたら簡単なもんだと思うんだが……」

　ニーナとディックは女子寮のある建築科実習区を抜けだし、目的地に向かって歩いていた。

「ツェルニに会わせてほしい」

　それがディックの頼みだった。

　ツェルニとはこの都市の名でもあるが、それだけではない。自律型移動都市《レギオス》の自律《じりつ》部分を担《にな》う電子精霊《せいれい》の名でもある。

　ディックはその、電子精霊に会いたいというのだ。

「また、どうしてですか？」

　夜の道を歩きながらニーナは尋ねた。

　電子精霊に会える者は都市の中でも限《かぎ》られている。だが、これは特別な意味があるわけではない。電子精霊が住まう場所は都市の心臓《しんぞう》である機関部、その中枢《ちゅうすう》だ。機関部に入るのは機関のメンテナンスを行うものか、ニーナのように清掃《せいそう》を請《う》け負《お》った者だけだ。それ以外の生徒が不用意に入ることは禁《きん》じられているが、手続きを行えば見学として入ることができる。

　機関部に入ることそれ自体は、それほど難《むずか》しいことではない。

　電子精霊に会えるかどうかは運しだいだが。

「ま、もうすぐ卒業《そつぎょう》だからな。思い出作りみたいなものか」

そう言って笑うが、それが本音だとは思えなかった。

無人運転の路面電車は夜が深まるにつれて本数が減《へ》り、日をまたぐ頃《ころ》に終電を迎《むか》える。まだそれほどの時間ではなかったが、ディックは焦《あせ》る様子もなく徒歩を選んでいた。

だが、二人とも武芸者だ。悠々《ゆうゆう》とした歩み具合《ぐあい》だが、その足は速い。

「先輩はそれだけの実力があるのに、どうして小隊に入られなかったのですか？」

現在十七ある小隊の中にディクセリオ・マスケインの名はない。それがニーナには不思《ふし》議《ぎ》で仕方がなかった。

ツェルニはいま、機関の動力源《げん》であるセルニウムが枯渇《こかつ》するか否《いな》かの切迫《せっぱく》した状況《じょうきょう》にある。残されたただ一つの鉱山《こうざん》は直に訪《おとず》れる武芸大会で敗北すれば失うことになる。それでなくとも今残っている鉱山もセルニウムの埋蔵量《まいぞうりょう》に不安を抱えていた。鉱山での採掘《さいくつ》はすでに終わり、移動を再開しているが、予測《よそく》埋蔵量に関しての正式な報告は生徒会からされていない。

（言えないほどに残り少ないのか……）

そういう不安が武芸科の生徒の間で静かに蔓延《まんえん》していた。

そんな状況だ。技量のある武芸者を一人でも多く見つけ出し、武芸科の先頭に立ってもらわなければならない。

ディックにはその資格が十分にあると思う。

「めぐり合わせの悪さって奴《やつ》だな」

「そんな……」

「ニーナよ。他人にこだわるよりもまず、自分にこだわった方がいいぜ」

絶句するニーナに、ディックはそう諭《さと》した。

「どういう意味ですか?」

「あいつがいればこいつがいればなんてうだうだ言うのは武芸者らしくないっての。そんなことを言う前に自分が強くなれ、自分が強くないことがすでに罪《つみ》だ」

「…………」

涼《すず》しい顔のまま厳《きび》しいことを言われ、ニーナは顔を俯《うつむ》かせた。

そんなニーナに、ディックはさらに話しかける。

「お前は隊長だけどな、全体を見渡す人間は、前線には立てない。時として冷酷《れいこく》な決断を下さなければならない司令官が、戦友との情に引っ張られたらいけないからだ。ニーナよ、お前はどっちになりたい?」

「わたしは、この腕《うで》でツェルニを守りたいんです」

「それなら、お前がやることはただ一人の武芸者たることだ」

「しかし……」

ニーナは第十七小隊の隊長として、いままでの対抗試合で作戦を考えてきた。自分の作戦立案能力《りつあんのうりょく》はまだ未熟《みじゅく》と認識《にんしき》しているが、その能力を研《と》ぎ澄《す》ましたいという欲《よく》もある。そして、それがツェルニを守るためのものにしたいと思っている。

「小隊規模《きぼ》の戦術《せんじゅつ》と都市同士の戦いを同じに考えるのは間違ってるぜ。根本は一緒《いっしょ》だが、それでもそれぞれにかかる負担《ふたん》は違ってくるもんだ」

「そういうものでしょうか」

「お前がどんな武芸者になりたいかって話だな」

さきほどの質問に戻り、ニーナは黙《だま》った。

武芸者として、自分の実力を高めたいという気持ちは真実のものだ。そして作戦を考え、それが図に当たった時の高揚感《こうようかん》にも嘘《うそ》はつけない。

「……将《しょう》の器《うつわ》って奴《やつ》か？」

ぼそりと、ディックが呟《つぶや》いた。

「は？」

「いや……それよりも男と女が夜道を歩いてるってのに、こんな話しかしないってのも寂《さび》しいもんだ」

「そんな……」

「別に口説《くど》こうってつもりはないけどな。好きな男とかいないわけ？」

「……いません」

自分では即座《そくざ》に断言したつもりだったが、ディックはそう取ってくれなかった。

「おや、いるようだ」

「いませんよ」

繰り返してみても信じてくれた様子はない。

「ま、お前ぐらいの年の頃だと、それぐらい恋愛《れんあい》ごとに頑固《がんこ》になるのも仕方がないけどな」

「ですから……」

「だけどな、おれがそんぐらいの頃は片手《かたて》じゃ足りないくらい数をこなしてたもんだ。お前の相手が誰だか知らないけどな、おれみたいな奴だったら指を咥《くわ》える暇《ひま》もなくどっかに持ってかれちまうぜ。秘《ひ》めるってのも楽しいかもしれないけどよ。気持ちってのは表に出さないと通じないって思っておかないと後悔《こうかい》することになる」

そう言われると、ニーナの脳裏《のうり》に嫌《いや》でも何人かの女性の姿が浮かぶ。ただ、その中心にいる男はディックほどに遊びに通じているわけではない。誰と決めているわけでもなく、誰に傾《かたむ》いているわけでもない。

どこか茫洋《ぼうよう》としながら、自分の定まらない行く末を見定めようとしているかにみえる。

（それとも……）

名前しか知らない、故郷《こきよう》の女性のことを思っているからなのだろうか？

「悩《なや》め悩め」

黙《だま》りこんでしまったニーナにディックがそう笑いかけた。

†

ニーナがいつも使う機関部入り口に二人が到着《とうちやく》した時、異変《いへん》の影《かげ》があった。

だが、気付いたのはニーナではない。

「止まれ」

短い言葉に緊張《きんちよう》を含《ふく》ませたディックに、ニーナははっとなって剣帯《けんたい》に手を伸ばした。

この辺りは夜に人が集まるような場所ではない。人の気配はなく、街灯《がいとう》と入り口にある非常灯《ひじようとう》だけが寂しく輝《かがや》いているだけだ。

だが、何か張《は》り詰《つ》めたような緊張がこの場にあった。

それがなにか、ニーナにはわからない。

だが、入り口に警備員《けいびいん》がいないのはどうしてだ？

「先輩……？」

ニーナの隣《となり》でディックは悠然《ゆうぜん》と立ちながら、油断なく正面を見つめていた。

重苦しい緊張感がニーナの頭上にのしかかっていた。

「よう、そんなもんでおれが気付かないと思うか？」

「……貴様《きさま》、なぜここにいる？」

ディックが闇に呼びかけると、機械音声が返ってきた。

「おれがこの都市に縁《えん》があることを知らなかったのが、お前らのミスって奴だな」

次の瞬間、街灯に照らされていなかった闇から、獣《けもの》の面《めん》を被《かぶ》った奇怪《きかい》な集団が姿を現した。

「なっ、こいつらは……」

見たこともない相手に、ニーナは錬金鋼《ダイト》を抜き出した。

「狙《ねら》いはあいつか？　確かに面白い。だが、だからこそお前らにはやらねぇ」

「あれは我《われ》らの生みし子だ。無間《むげん》の槍衾《やりぶすま》を進んだ先に現れた祝福《しゆくふく》されし忌《い》み子……強盗風《ごうとうふ》情《ぜい》に邪魔《じやま》をされるいわれはない」

「え？」

獣面《じゅうめん》の言葉に、ニーナはディックを見た。

「そうだ。あれを強奪《ごうだつ》したのはおれだ。お前らの企《たくら》みを壊《こわ》して崩《くず》して踏みにじって奪《うば》っていったのはおれだ。だからこそ、取り返されるなんて許さん。それが強盗の道理だ。そして……」

否定《ひてい》する様子も動じた様子もなく、むしろ喜んで肯定《こうてい》してにやりと笑い、錬金鋼《ダイト》を抜いた。

「ハトシアの興奮《こうふん》作用を使ってうちの学生を巻き込む……迷惑《めいわく》だ。二度と来るな。それがツェルニの答えだ」

復元《ふくげん》、巨大な鉄鞭《てっべん》へと変じた錬金鋼《ダイト》を構《かま》え、ディックは叫《さけ》んだ。

「ツェルニと縁《えにし》を作って再びここに来ようと思っているのだろうが、そうはいかねぇ。それがここにおれがいる理由だ。お前らはイグナシスのフラスコの中でのたくってろ！」

「ほざけ」

その言葉と同時に、集団がニーナたちを囲むように動く。

「ニーナ、入り口を押さえろ。誰もあそこを通すなよ」

「は、はい！」

わからないままに、錬金鋼《ダイト》を復元したニーナは入り口の前に移動した。

獣面たちもそれぞれに錬金鋼《ダイト》を抜く。湧《わ》き立つ殺気に、ディックは臆《おく》することなく前へ進んだ。

「さあ、強欲《ごうよく》都市のディクセリオ・マスケインが相手してやるぜ」

巨大な鉄鞭を片手に構え、ディックが手招《てまね》きする。

「狼面衆《ろうめんしゅう》、三の隊、参《まい》る」

その言葉とともに、獣面たちが一斉《いっせい》にディックに躍《おど》りかかった。

ディックは鉄鞭を振り上げ、剄を収束《しゅうそく》させるや振り下ろすとともに解《と》き放つ。鉄鞭の重量が形のない大気を叩き、剄の混じった波紋《はもん》を生み出した。荒《あ》れ乱《みだ》れた大気が不可視《ふかし》の大波となり飛びかかる狼面衆たちを押し戻す。

「雑魚《ざこ》は引っ込んでろ」

その言葉通りなのかはわからないが、ディックの衝剄を受け流すように低く身構えた狼面衆の一人が接近《せっきん》していた。

その両手にはカタールと呼ばれる、柄《え》を握れば拳《こぶし》の先に刃《は》がくるようにできた刺突《しとつ》武器に変じた錬金鋼《ダイト》だ。カタールの刃には途中にいくつもの切り込みが施《ほどこ》され、突き刺し、引き抜く際に肉を抉《えぐ》り取るように細工されている。

地を這《は》うように突進してきたその一人が、ディックの腹部《ふくぶ》めがけてカタールを閃《ひらめ》かせる。

ディックは鉄鞭を引き寄せてカタールを弾《はじ》いた。

そのままもつれ合うようにカタールの獣面が接近戦を演《えん》じる。重い武器を使うディックに、小回りの利《き》く獣面は距離《きょり》を取らせせようとしない。左右のカタールが交互《こうご》に襲い掛かり、ディックはそれを避け続けるしかなくなっていた。

あれでは、雷迅《らいじん》を使う余裕《よゆう》はない。

「先輩！」

「よそ見をするな！」

ニーナを怒鳴《どな》ったことで、ディックの動きが一瞬鈍《にぶ》った。カタールの刃が頰《ほお》を裂《さ》き、血が溢《あふ》れ出る。

だが、それを見てもニーナは動けない。最初のディックの衝剄で吹き飛ばされた狼面衆たちが体勢を立て直しニーナに迫ってきていたのだ。

「行けっ、機関部を占拠《せんきょ》せよ！」

カタールの獣面の言葉に、狼面衆たちは忠実《ちゅうじつ》に動く。

進路上にいるニーナを排除《はいじょ》しようと、それぞれが衝剄を叩き込んできた。

「くっ……」

ニーナは鉄鞭を交叉《こうさ》させ、全身に剄を走らせる。

内力系活剄の変化、金剛剄《こんごうけい》。

レイフォンに教えられた防御《ぼうぎょ》の剄技だ。全身を襲う衝撃を体表面に走らせた剄の膜《まく》で防《ふせ》ぐ。

舞《ま》い上がった爆煙《ばくえん》を利用して、近づいてきた狼面衆に不意打ちをかける。狼面衆たちは学生武芸者が、まさか自分たちの衝剄の集中砲火《ほうか》を受けて無事だったとは思っていない。

煙《けむり》を切り裂いて振り下ろされた鉄鞭に打ち据《す》えられ、一人が地面を転がった。

地面を転がった狼面衆から仮面が剝《は》がれ落ちる。

仮面が地面に落ちる乾《かわ》いた音が、戦闘《せんとう》の騒音《そうおん》を押しのけてその場に響いた。

「見るなっ！」

その時、ディックが叫《さけ》んだ。ニーナに向けての警告《けいこく》だ。

なにを？と思った。落ちた仮面は地面の上を回転しながら滑《すべ》っている。これのことか？だけどすでに見ている。

では、なにを？

一瞬、自分が戦っている最中だということを忘れた。そのことに気付いて、ニーナは固定されてしまっていた視線を上げた。

煙はすでに去っていた。

だが、誰も動いていなかった。奇怪な紋様《もんよう》の入った獣面をこちらに向け、停止《ていし》している。

まるで、記録映像《えいぞう》に停止をかけたようだ。

「もう遅《おそ》い」

誰かが言った。誰だ？

「もう遅い」

また……

「もう遅い」

「もう遅い」

「もうおそい」

「モウオソイ」

繰り返されるその言葉は、目の前の獣面の集団が口にしている。繰り返される機械音声は壊《こわ》れた再生機のようだ。

頭がくらりとくる。鼻孔《びこう》を撫《な》でたこの匂《にお》いはなんだ……？

「ハトシアの粉末《ふんまつ》だ。惑《まど》うな、目を開け！」

目は開いている。ディックの言葉の意味がわからないまま、ニーナは目の前で起こるこ

とを見つめた。

ニーナの一撃を受け、倒《たお》れていた獣面が起き上がった。地面を滑った戦闘衣《せんとうい》は白く汚《よご》れ、毛羽立ったように荒れている。仮面の落ちた頭部には黒布だけが残されていた。

その顔がこちらを向く。

ニーナを見る。

「うっ」

ニーナは、見た。

そこには、黒布に頭部を覆ったその中にはなにもなかった。黒い、靄《もや》のようなものがそこに凝《こご》り、薄《うす》い黄色の、赤子の手のような大きさの光が三つ、逆《ぎゃく》三角形の形で配置されているだけだ。

「なん……だ？」

そう呟くニーナに声は被《かぶ》さる。

「見たな」「見たな」「みたな」「ミタナ」「見タナ」「ミたな」「見たナ」「見夕な」

「見たぞ」

仮面の剝《は》がれた獣面が、黒い空洞《くうどう》の中から声を放った。

「イグナシスの恵《めぐ》み、遥《はる》かなる永劫《えいごう》、常世《とこよ》より来たりて幽世《かくりよ》より参らん。我ら無間なる者の戸口に立つ者や、其《そ》は無間の槍衾を駆《か》ける者か？」

「聞くなっ！」

ディックの叫び声が耳を打つ。だが、ニーナは聞かずにはいられなかった。

その言葉にいかほどの意味が、なにほどの力があったのか、ニーナにはわからない。わかるはずもない。

ただ、黒い虚《うつろ》の中で光る三つのものが頭部の形を作る黒布からはみ出して、巨大《きょだい》になっていくのを見た。

「扉《とびら》は開かれた。汝《なんじ》、オーロラ・フィールドの狭間《はざま》で惑え」

だが、それはなにかのまやかしだったのだろう。その言葉の後にはなにも変化はなかった。黒い虚はなく、落ちていたはずの獣面は元の場所に収まり、もはや誰がそうだったのかすらわからない。

まやかしだった……はずだ。

ハトシアの粉末とディックが言っていた。ではあれは、粉末がもたらした幻覚《げんかく》作用か？

「くそっ……があぁあっ！」

ならばなぜ、ディックはあんな悔《くや》しそうに叫んでいる？

わからないまま、ニーナはディックの戦いを見た。

まさにその時、カタールがディックの左肩を抉った。血を噴《ふ》き出させながら、それでも怯《ひる》むことなく目の前にいる獣面を突き飛ばすと、距離を取る。

腰を落とし、剄を走らせたのをニーナが見ることができたのは一瞬。

雷迅《らいじん》。

時に都市の空を薄紫色《うすむらさきいろ》に染《そ》め、エア・フィルターの表面に散《ち》っていく電光がある。ディックの姿が掻《か》き消え、その軌跡《きせき》を光がなぞった。その姿はまさしく電光で、光を確認した時にはすでに結果がある。

ニーナに見せた時はとことん手加減《てかげん》していたのだろう。

ディックの鉄鞭が獣面の頭を打ち砕《くだ》いた。

凄惨《せいさん》な光景……そうなるはずだった。いかに安全装置《そうち》がかかっていたとしてもあの勢いだ。打撃武器はそうでなくとも殴《なぐ》り殺すために作られた武器だ。安全装置の干渉《かんしょう》を踏み破り、獣面は潰《つぶ》れた。

血しぶきと脳《のう》しょうがその場に撒《ま》き散らされてもおかしくはない。

だが、雷迅の余韻《よいん》に震える空気の中で、獣面の戦闘衣が渦《うず》を巻くように鉄鞭にすい寄せられると、消えた。

後には、砕けた仮面の破片が舞《ま》い散るのみだ。

中身は、その体はどこに消えた？

仮面の奥に隠された黒い虚《うつろ》の光景がニーナの脳裏《のうり》をよぎった。

戦闘はまだ終わったわけではない。

「気を抜くな！」

そのことを失念したのは、この状況があまりにもニーナの常識《じょうしき》から外れていたからだろう。顔のない謎《なぞ》の襲撃者《しゅうげきしゃ》、その消え方、謎の言葉……ニーナを混乱の淵《ふち》に落とそうとしているとしか考えられない。ハトシアの粉末はニーナに興奮ではなく酩酊《めいてい》を与《あた》えているかのようだ。実際、ニーナは雷迅の迫力に飲まれる前から、眩暈《めまい》のようなものを感じていた。

しかしどうであろうとも、それがニーナの油断、未熟《みじゆく》であることには変わりない。

狼面衆を名乗る獣面たちは、まだニーナの周囲にいるのだ。彼らの目的は機関部を占拠《せんきよ》すること。目的が変更《へんこう》された様子はなく、狼面衆たちは入り口の前に立つニーナを排除《はいじよ》しようと迫る。

油断が構えを崩れさせていた。

間に合わない。武器を構えなおすことも金剛剄《こんごうけい》を使うこともはや間に合わないところまで、狼面衆たちは迫っていた。

その時、ニーナの脳裏をよぎったのは……

変化はその瞬間に現れた。

ニーナの眼前に光が走った。その光が狼面衆の足を止めさせる。

その光が剣の形を取る。

「天剣……」

誰の言葉だったのか、ニーナの眼前に光を固めて作られた白金の剣がある。

それを手に取る者がいた。

ニーナの目が腕を伝って白金の剣を手にした者を見る。

（まさか……）

「レイフォン……？」

そこにレイフォンがいた。清掃員の恰好《かっこう》をしたレイフォンは白金の剣を握《にぎ》り、表情のない瞳《ひとみ》で狼面衆を見据《みす》えた。

「扉《とびら》を抜けたな」

狼面衆の誰かが呟いた。

白金の剣を構えたレイフォンは無造作とも言える動作で剣を横に振るった。

天剣技、霞楼《かすみろう》。

振られた瞬間、なにが起こったのか……ニーナの目にはただ剣が横に振られただけに見えた。

だが、その一動作で全《すべ》てが決した。

多数いた狼面衆たちが同時に切り捨てられたのだ。縦《たて》に横に斜《なな》めに、瞬時に刻まれた斬《ざん》線《せん》にそって体がずれ、そしてディックの時と同じように中身が消え、戦闘衣が渦《うず》を巻《ま》いて斬線の中に吸い込まれていく。

「ならば今回はそれでよし」

その言葉を残し、狼面衆たちは跡形もなく消えた。

ニーナは呆然《ぼうぜん》と、レイフォンの後ろ姿を見た。

「おい」

その肩をディックが摑《つか》んできた。

「今のうちに行くぞ」

「行くぞって……え？」

ディックの左肩からは、いまだに血が溢《あふ》れて止まる様子がない。あのカタールに肉を抉られたためだ。

だが、ディックは痛《いた》みに顔を引きつらせてはいるもののそれ以上気にしてはいなかった。

「でも、あの……」

機関部に、ディックをツェルニに会わせるためにここに来た。それは覚えている。

だけど……

「あいつのことは今は放っておけ」

「放っておけって……」

「引き止めるな。還《かえ》さなければ巻き込むぞ」

その言葉の意味がわからず、ニーナは引っ張られるままに機関部入り口の扉をくぐった。

機関部の扉は閉じられたままで、昇降機《しょうこうき》は下に降りたままだった。

レイフォンは清掃員の服を着ていた。この時間なら、もう機関部に入って清掃を始めている時間だ。

（どうやって、レイフォンはあの場に現れた？）

昇降機を待つ間に、ディックは簡単に止血処理《しょり》をした。制服の袖《そで》を破って、それで傷口《きずぐち》を固く縛《しば》る。鋸状《のこぎりじょう》の刃に抉られた傷はそれでも血が止まらず、あっという間に布を赤く染《そ》める。

病院に、と思うのだがディックは平然な顔をしていて、ニーナにその言葉を言わせない。

昇降機がやってきた。

「お前には悪いことをしたかもしれないな」

乗り込んだところで、ディックがそう呟《つぶや》いた。

「なにが、どうなってるんですか？」

「……エア・フィルターに守られたこの都市世界が、自然のものじゃないってことぐらいは、わかるな」

ディックの表情には当初の飄々《ひょうひょう》とした様子はなかった。血が抜けたためなのか、その顔には重い疲労《ひろう》の影《かげ》がある。

「はい」

「同じく、汚染獣がうろつく今の世界が自然なわけでもないってのも、わかる話だ。なら、誰が、どうして……そんな疑問の先には電子精霊がいて、錬金術師《れんきんじゅつし》たちがいる。お前は電子精霊に関《かか》わった。否《いや》がおうでも、お前は他の連中ができない生き方を強制される」

「…………」

「これは、電子精霊に見初《みそ》められた者の運命みたいなもんだ。……助言できるとしたら、イグナシスの名を語る奴《やつ》に碌《ろく》なのはいないってぐらいだな。気をつけろ」

「イグナシス……人の名前なんですか？」

「いずれ会える」

唇《くちびる》の端《はし》を無理に吊《つ》り上げディックが笑った。それがいかにも複雑《ふくざつ》な感情を宿していたので、ニーナは沈黙《ちんもく》するしかなかった。

「……しかし、まさかいきなり呼び出せるとはな」

「え？」

「あの男のことだ。あいつだろ？　お前が気になってるのって」

その瞬間《しゅんかん》、ニーナは顔が真っ赤になった。

「それは、違います。いえ、違いませんけど……後輩として！　後輩として気になってい
るだけです」

「まぁ、そういうことにしといてやる」

「ですから……」

「……あいつには気をつけろ」

いきなり声を潜《ひそ》められ、ニーナは言葉を飲み込んだ。

「あいつは生まれながらの強者だろ？」

あの一瞬だけで、ディックはレイフォンのなにかを見抜いているようだ。

「生まれながらに強い奴は、自分の能力をどう使っていいかわからないのが多い。お前が
気をつけてやれ」

「……はい」

「そうすりゃポイントも高いぜ」

昇降機が機関部に到達した。ディックはそう言ってニーナの頭を撫《な》でるように叩くと、一人昇降機から出る。追いかけて反論《はんろん》しようとしたニーナを、振り返ったディックの体が阻《はば》んだ。

「ここでお別れだ」

ディックの手が素早くスイッチを押し、鉄柵状《てっさくじょう》のドアが閉じられる。

「え？　あの……」

「雷迅だけどな……お前はもう見た。教えてやるとも言った。どんな形であれ、お前はそれを身につけられる。そういうふうに事象が動く。後はお前が工夫《くふう》しろ。二刀と一刀じゃ、使い方が違うからな」

「先輩……」

今夜は謎だらけだ。実力者なのに小隊員じゃないディック。いきなり見せ付けられた凄《すさ》まじい技《わざ》。謎の襲撃者《しゅうげきしゃ》。イグナシス……

「久々《ひさびさ》にツェルニを歩けて、楽しかったぜ」

昇降機が揺《ゆ》れた。上昇を開始したのだ。

「できれば二度と会わないことを祈《いの》るが。その時にはまた先輩面《づら》をさせてもらおうか」

「今日はお祭りみたいだからな。それらしい趣向《しゅこう》でお前のところに届《とど》くぜ、きっとな」

ニーナの呼びかけに昇降機の向こうのディックは手を振り、そして背を向けた。

「先輩！」

入り口に戻ると、レイフォンが呆然《ぼうぜん》と立っていた。

「あれ？　隊長？」

きょとんとした顔のレイフォンはニーナが現れたことに首を傾《かし》げた。

「あれ？　今日ってバイトじゃないですよね？　あれ？　ていうか僕《ぼく》、なんでここにいるんだっけ？」

その手には白金の剣はない。

「レイフォン……お前？」

言いかけて、ニーナは口をつぐんだ。どうしてだか、先ほどまでのことは言わない方が良い。そんな気がしたのだ。

還さなければ巻き込む……その言葉が口を閉ざさせた。

「寝《ね》ぼけてるのかな？」

「そうじゃないか？　疲《つか》れてるんだろう。昼には都市警の仕事もしたのだろう？」

「それは、そうですけど、うーん……」

首を捻《ひね》るレイフォンに適当《てきとう》に同意してみせ、レイフォンを機関部に戻るように促《うなが》す。

「あ、そうだ」

昇降機の中に入ったレイフォンが手を打って、ニーナに呼びかけてきた。

「なんだ？」

「隊長が使うと良さそうな技を思い出したんですよ。明日、練武館でやってみせますね。雷迅って言うんですけど」

その言葉に、ニーナははっとした。

それらしい趣向で届く。

（そうか、こういうことか）

レイフォンがどうして雷迅を知っているのか、まるでそのことを知っていたかのようなディックの言葉、それらを不思議に思うこともなく、ニーナは納得《なっとく》してしまった。

（お菓子の代わりが技……か。わたしらしいといえば、まさしく、だな）

女の子らしさには程遠《ほどとお》い贈《おく》り物だ。

「楽しみにしている」

そんな風に受け取りながら答える。

ニーナの言葉でレイフォンが笑う。ディックとは違う笑い方に、ニーナはつられて頬《ほお》を緩《ゆる》めた。

あの時……ディックに気を取られて狼面衆に不意を打たれようとした時、ニーナの脳裏《のうり》に浮かんだのはレイフォンの顔だった。あの瞬間になにがあったのか……まるでハトシアの粉末が見せた夢《ゆめ》のようだ。

(好意の究極は相手との同化)

セリナのその言葉が頭をよぎった。

(考えすぎだ)

そう思うのだが、その考えは別に嫌悪感《けんおかん》を呼ぶわけではない。ないが、危機《きき》一髪《いっぱつ》のところに現れて救ってくれる……まるで物語のヒロインのようだ。ヒロインの運命とは、往々《おうおう》にしてヒーローの運命にも直結している。運命の共同体。それはセリナの言葉と同じ意味ではないだろうか。

自分がそんな役回りが似合《にあ》わないだけに、そう感じるのは気恥《きは》ずかしい。

気恥ずかしいけれど……

「余計なお世話だ、先輩め」

言いながらも、ニーナは緩んだ頬を元に戻すことができなかった。

ディクセリオ・マスケインがツェルニに在籍《ざいせき》していたのは十数年も昔のことであり、なにより生徒会奥にある像の台座の文面を書き換《か》えた張本人でもあることをニーナが知ったのは、それから数日後のことだ。

イグナシス、そして狼面衆と名乗る奇怪な集団……その姿がニーナの前に再び現れることなく、日々は過ぎていく。

時にふと思い出してはあの夜のことを疑問に思う。何かが動き出したような気がしながら、しかしそれは湖の底の流れのように密《ひそ》やかで、ニーナには感じ取ることができない。

その言葉が再びニーナの耳に届いたのは、第一小隊との試合を終えた後のことだった。

スイート・デイ・スイート・ミッドナイト

もうやらないと決めた。

あんな屈辱的《くつじょくてき》な気分になることは滅多《めった》にない。あんなにまで自分の無能を晒《さら》すことになるとは思いもよらなかった。

だからもうやらない。来年のことなど知ったことか。

そう考えていた。

そう考えていたはずなのに……

「わたしは、なにをしているのですか？」

キッチン。コンロ。沸騰《ふっとう》したお湯をたたえた鍋《なべ》。砕《くだ》いたチョコを入れたボウル。額《ひたい》に浮《う》かんだ汗《あせ》。

キッチンに立つ自分。エプロンを巻いた自分。目の前に並《なら》ぶ材料。

フェリは自分がなにをしているのか、その疑問に立ち返り茫然《ぼうぜん》としていた。

お菓子《かし》を作ろうとしているのだ。それは、どれだけ見直してみても間違《まちが》いではない。

なぜ……

あんな死にそうな顔をされたというのに、どうして自分はまだこんなことに挑戦《ちょうせん》しようとしているのか、それがどうしてもわからない。

あんなにどたばたと駆《か》けずり回って、あんな思いをして渡したというのに、結果はあんな体《てい》たらくだ。

それなのに、どうして自分はまた、キッチンに残っていた材料でこんなことをしようとしているのだろうか。

腹《はら》が立った。とても腹が立ったのだ。だから今日は帰ってくるなり、部屋にこもってベッドの中に埋《う》もれていようと決めたのだ。なにがあっても出てくるものかと決めてそうしていたはずなのだ。

おそらくは、早くに寝てしまったのが問題なのだろう。あんなにもむかむかと怒《いか》りがわき出して、どうにも解消《かいしょう》の方法などみつからなくて困《こま》っていた。なのにすぐ寝てしまったのだ。きっと過度《かど》のストレスで現実逃避《とうひ》に走ってしまったのだろう。

そして起きたのが、深夜になったばかりのこの時間。

起きているには朝まで長く、かといってもう一度寝ようとしても寝られない。どうにもならない中途半端《ちゅうとはんぱ》なタイミングで目覚めてしまい、途方《とほう》に暮《く》れていた。

……気が付くと、なぜかこんなことになっていた。

暇《ひま》つぶしにと手に取ったのが、料理本だったのがいけないのだ。先日の準備《じゅんび》のために買った本が放置されていて、なにも考えずにそれを読んでしまった。

なんだか作れる気になってしまったのだ。

（料理本……なんておそろしい）

こめかみに感じた汗はコンロからの熱のためなのか、それとも料理本の詐術《さじゅつ》に踊《おど》らされた自分に戦慄《せんりつ》したためか。

まさしく湯せんする寸前で止まっているフェリはボウルを摑《つか》み、そして離すを繰り返した。

やるべきか、否《いな》か。

迷《まよ》いがここにきてフェリを正気に戻したのだ。

いまなら、まだ引き返すことができる。辛酸《しんさん》を舐《な》めたのはすでにカレンダーでは日付が変わったとはいえ、今日のことのようなものなのだ。

それで、まだやろうというのか。

「うう……」

ボウルを摑む手が動かなくなった。湯はぐらぐらと煮立《にた》っている。

お菓子。こんなものが作れなくても、フェリには他にできることがある。

念威《ねんい》。

念威繰者が、自分なのだ。

このツェルニで並ぶ者のいない念威繰者が、このフェリ・ロスなのだ。

だけど、念威繰者でいる自分に疑問を感じてフェリはここにいる。

「うう……」

ならこれもまた、新しい自分への挑戦ではないだろうか。

「うう……」

失敗することは恐《おそ》ろしい。

特に、すでに一度失敗しているのだからその恐ろしさは身に染《し》みて感じている。

ボウルを掴む手が動いた。フェリの指が開き、離れる。

でも、これで止《や》めたらまた一つ、自分の道を潰《つぶ》すことになるのではないだろうか。

「ええいっ!」

フェリはボウルを掴んだ。


体調が回復し、さわやかに目覚めたカリアンが目にしたのは、テーブルに大量に並んだお菓子と、ソファで力尽《つ》きて眠る妹の姿《すがた》だった。

槍衾《やりぶすま》を征《ゆ》く

重苦しい雲が空を流れていた。陽の光はすでになく、月は雲海に沈み、エアフィルターの外に光はない。

外縁部で等間隔に連なるエアフィルター発生器。都市の足と連結したその揺れ動く塔は都市の外を席巻する不可視の暴君、汚染物質を遮断するために特殊な気流を生み出し、外部と内部を隔絶する。

その塔に一つの影がある。一つの塔に一つの影。しかし影はその黒さを曇天の生み出す闇に沈め、誰の目にも止まることはない。故に、その影が塔の頂上にある巨大な空洞、エアフィルターの噴出口になにかを散布したことも、誰の目にも止まることはなかった。

†

小さな暴君がソファを支配していた。

「うー」

唸っている。

「待てっ」

キッチンから怒鳴り、ゴルネオは喉の中で唸った。

その手には熱せられたフライパンが握《にぎ》られ、肉の焼ける匂《にお》いと香辛料《こうしん》の焦《こ》げる匂いがほど良く混《ま》ざり合い、嗅覚《きゅうかく》を伝って胃を刺激《しげき》する。

「うー」

その匂いに反応《はんのう》して、唸り声が強くなる。ゴルネオはもう一度怒鳴り、極厚《ごくあつ》の肉の焼け具合を確《たし》かめた。

お互《たが》い、空腹《くうふく》でかなり気が立っている。いつもなら近所にある夜間も営業《えいぎょう》するレストランで済《す》ませるところだが、今日ばかりはほとんどの店が閉店状態《へいてんじょうたい》だし、開いている店があったとしても祝勝記念でやかましいことになっているに違《ちが》いない。そんな場所に空腹状態のシャンテを連れていけばどうなるか……仕方のない選択《せんたく》だとしても、出来上がるまでのこの匂いはゴルネオだってたまらない。

マイアス戦のすぐ後のことだ。疲《つか》れてもいる。気が立っている原因《げんいん》はそこにもあった。ニーナを先に行かせるために十人ぐらいの武芸者《ぶげいしゃ》をシャンテと二人で引き受けたのだ。その戦闘《せんとう》の余韻《よいん》もまだ冷めやらぬ。

背後《はいご》からは威嚇《いかく》にも似《に》た唸り声が聞こえてくる。ゴルネオはもはや答えず、黙々《もくもく》と肉の焼ける様を見つめていた。

ステーキ以外にはインスタントのスープのみ。冷蔵庫《れいぞうこ》に新鮮《しんせん》な野菜はなかった。あったとしてもサラダを作る気力はなかった。一緒《いっしょ》に焼くだけの添《そ》え物のコーンとポテトが山盛《も》りにあるだけだ。

皿に移《うつ》したステーキに大きなバターを落として出来上がり。

二人して、黙《だま》ってそれを平らげる。熱々のステーキをゴルネオはナイフで大きく切り、口に放《ほう》り込《こ》む、シャンテはフォークで刺《さ》すだけでほとんど噛《か》み千切っていたが、それを指《し》摘《てき》する気には、今夜はなれなかった。

とにかく、食べる。

あっという間に食べ終わった。

コップ一杯《いっぱい》のフルーツジュースを一気に飲み干《ほ》し、ようやく人心地《ひとごこち》つく。背《せ》もたれに体を預《あず》けると、もう動きたくはなかった。

だが、食後の皿が残っている。後でもいいと思うのだが、どうしても見ないことにできない自分の性格《せいかく》が呪《のろ》わしい。

「おい、皿は洗《あら》えよ」

「にゃー」

シャンテはすでにソファで丸くなっている。尻尾《しっぽ》があれば満足げに揺れていたに違いない。聞くはずはないと思っていたが、この反応にはため息が出る。

「せめて人語を喋《しゃべ》れ」

それだけを返して、汚《よご》れた皿を持ってキッチンに戻《もど》り、洗う。戻ってきた時には寝《ね》ているだろう。また抱《だ》いて隣《となり》の部屋まで運ばなければならないのかと考えると憂鬱《ゆううつ》になった。時にシャンテはこうしてゴルネオの部屋に入り浸《びた》り、そして寝たところを運ぶことになるのだが、最近は同室の女生徒が自分を見る目におかしなものが混《ま》じっているような気がする。ついこの間までそんなことはなかった。

変わったのは、バンアレン・デイ以来か。

「まったく……」

自分にそんなつもりはない。が、もちろん男女の関係というものに無関心なわけでもない。古風であると自認《じにん》しているし、それを恥《は》ずかしいとは思っていない。武芸者の中には、自分の遺伝子《いでんし》を売り物のように扱《あつか》って女の相手をする輩《やから》もいるのは知っている。やり方には顔をしかめるが、武芸者の遺伝子を確実《かくじつ》に残そうとする社会の姿勢《しせい》まで批判《ひはん》する気はない。

ただ、自分はその中に加わる気はない。

そもそもシャンテとは正式に恋人《こいびと》同士になっているわけではないのだ。だからそんな関係になるはずもなく、その女生徒の詮索《せんさく》はまったく的外れなのだが……わざわざそれを説明するのもおかしな話であり、やはりゴルネオとしては人知れず顔をしかめるぐらいしかできることがない。

(寝たな)

声が聞こえなくなり、ゴルネオはやはりそうなるかと思いながらリビングに戻る。

眠《ねむ》ってはいなかった。

「……どうした?」

シャンテが声もなく威嚇《いかく》のポーズを取っていた。その顔は険《けわ》しく、鋭《するど》くベランダを睨《にら》みつけている。

なにがあるのか。そちらに目を向けようとして、先に声をかけられた。

「面白《おもしろ》いのを飼《か》っているね」

侵入者《しんにゅうしゃ》。その単語が脳内《のうない》で明滅《めいめつ》し、ゴルネオは身構《みがま》える。殺到《さっけい》か。しかし、こんな近くにまで来られたのに気付かないとは……

だが、次の瞬間《しゅんかん》、ゴルネオは別の驚愕《きょうがく》に支配されることになる。

「獣《けもの》かい? まさかその気もないのに見つけられるとは思わなかったよ。うん、面白いね」

その声色《こわいろ》。だがそれよりも、ベランダの窓《まど》の前に立つその姿《すがた》に、ゴルネオはありえないと自分の目を疑《うたが》った。

この人物が、ツェルニにいるはずがない。

彼は天剣授受者《てんけんじゅじゅしゃ》であり、グレンダンの守護者《しゅごしゃ》であり、ルッケンスの正統《せいとう》な後継者《こうけいしゃ》だ。グレンダンの外に出るなど考えられない。

「どうしてわかったのかな？　におい？　だとしたら汚染獣《おせんじゅう》相手でもやはり殺到には意味がないのかもしれないね。おとなしく風下に立つのが正しいのかな」

だが、そんな風にのんきにシャンテを観察し、語る口調はまさしくその人物のものだ。

「兄さん」

サヴァリス・クォルラフィン・ルッケンス。

「やぁ、ゴル。久《ひさ》しぶりだ。何年ぶりだっけ？　大きくなったねぇ」

そう言って、サヴァリスは気楽にゴルネオの前に立ち、腕《うで》を叩《たた》いてくる。

「……しかし、肉厚《にくあつ》になったね。剄の通りもなかなかよくなったみたいじゃないか」

「兄さん、どうしてここに？」

「ん？　レイフォンと戦おうと思ってね」

ゴルネオが驚《おどろ》く暇《ひま》もなく、サヴァリスは笑って手を振《ふ》る。

「ははは。ウソウソ。まぁ、そうなったら面白いよねぐらいには期待しているけど」

「……もしや、傭兵団《ようへいだん》と？」

「まぁ、そんなとこかな。ところで、この子を紹介《しょうかい》してくれないかな？」

サヴァリスの目が、いまだに威嚇したまま動かないシャンテに向けられた。

「僕《ぼく》の殺到を見破《みやぶ》るなんて、なかなか見所あるじゃないか」

「フーっ!!」

サヴァリスがどれだけにこやかにしてみてもシャンテは威嚇を止《や》めない。

「シャンテ、やめろ」

いまにも跳《と》びかかりそうなシャンテを抑《おさ》える。彼女は素早《すばや》くゴルネオの背中に乗り、後ろに隠《かく》れた。

「面白いねぇ」

「育ちに問題のある娘《むすめ》ですから」

言って、ゴルネオはシャンテの生い立ちを説明した。

話を聞き、サヴァリスは逆《ぎゃく》に好奇心《こうきしん》を駆《か》り立てられた顔をする。

「へぇ、やはり環境《かんきょう》というものは侮《あなど》れないということかな？　グレンダンに強い武芸者《ぶげいしゃ》が集まるのと同じくらい当たり前に、特化された野生は術理《じゅつり》の隙《すき》を突《つ》くのかな？」

そんなことを口走っている。

変わらない。

この人は、まったく変わっていない。

グレンダンを出てからもう五年が経《た》つというのに、この人はまるで変わっていない。

外見も、性格も。

強力な内力系活剄《けい》が肉体の老化を抑制《よくせい》するのはグレンダンでは常識《じょうしき》だ。熟練《じゅくれん》の武芸者が実年齢《ねんれい》よりも若《わか》く見えることはよくある。天剣授受者のティグリスなどは、確《たし》か八十代になっているはずだが、その外見はもっと若く見える。

サヴァリスも肉体の隆盛《りゅうせい》期を維持《いじ》する状態《じょうたい》に入ったということなのだろう。

「せっかく来たのだから君の活躍《かつやく》も見ようと思ってね。見させてもらったよ」

「うっ……」

マイアス戦を見たということか。ゴルネオは息を呑《の》んだ。この兄に見られたということほど、重圧《じゅうあつ》に感じることはない。

「成長しているようだね。まだまだ甘々《あまあま》だけど」

「……あ、ありがとうございます」

褒《ほ》められるとは思わなかったので、驚いた。

「ガハルドにもまだ追いついてないけどね」

しかし、こういう一言を付け足してくるところがやはり兄だ。

「まぁ、別にいいけどね。あれみたいにねじまがって育つよりはマシだよ」

「兄さん、ガハルドさんは……」

サヴァリスがガハルドに対してそんな印象を持っていたことにも驚いたが、それよりもその名を聞いて兄に出会った衝撃《しょうげき》が消えた。

聞きたいことがあったのだ。

ガハルド・バレーンは、ゴルネオの兄弟子《あにでし》は、レイフォンによって武芸者として再起不能《さいきふのう》の怪我《けが》を負った彼は、その後どうなったのか。

サヴァリスは知っているはずだ。

「ああ、あれなら……」

その瞬間、全《すべ》ての音が途絶《とだ》えた。

†

その時、ツェルニを飾《かざ》る人工の光は全て絶えた。

音もまた、絶える。

それは震動《しんどう》の消去であり、そこに住む人々が感じることのなかった都市の運動停止を意味するものでもあった。

都市の足が止まる。汚染獣から逃《のが》れ続けるために放浪《ほうろう》する都市がその足を止めたのだ。

本来なら、それは都市の死を意味する。

だが、この時はその意味とはならない。

なぜならば人工の光が絶えながらも、都市はその夜景を光の中に浮《う》かべていたから。

七色の光が夜景を飾り、幻想《げんそう》的に、そして奇妙《きみょう》な生々しさを備《そな》えた光景へと、都市を変じさせていたから。

汚染獣が大地を席巻《せっけん》し、人類を乗せた都市は放浪し、武芸者が抗《あらが》う。そんな世界とは一線を画した場所へと変じていたから。

その時、都市はそこに住む人々が知っているものとは違《ちが》う場所へと変貌《へんぼう》していたから。

都市を照らす光の源《みなもと》。エアフィルターによって空に拡散《かくさん》し、侵蝕《しんしょく》したものは七色の光を宿し、天に重い幕《まく》を下ろし、揺《ゆ》らめかせていた。

オーロラがそこにあった。

†

エアフィルター発生器の一つ、その頂上《ちょうじょう》に立つ仮面の男の一人がそう呟いた。

獣《けもの》を模《も》した面を被《かぶ》り、彼ら特有の装束《しょうぞく》を着ているのは他の発生器の上に立つ者たちと同じだが、その一人だけは違った。さらにその上からマントを羽織《はお》り、その手にある復元《ふくげん》された錬金鋼《ダイト》は、およそ戦闘《せんとう》に適《てき》しているとは思えない装飾過多《そうしょくかた》の錫杖《しゃくじょう》だった。

錫杖の頭には巨大《きょだい》な十字があり、それを囲むように環《わ》は大きくねじまがった円を広げている。その環に取り付けられた無数の小環はぶつかり合う度《たび》に凛《りん》とした音を夜気に拡散させ、音とともに火花を散らす。

七色に輝く火花を散らす。

「目よ、闇《やみ》の子眠《ねむ》り子を守る茨《いばら》の目よ。十字を刻《きざ》む墓標《ぼひょう》の目よ。出でて未来を映すべし」

シャン。

音が舞《ま》う。

言葉とともに小環が鳴り響《ひび》き、夜を揺《ゆ》らす。

「未来を映《うつ》すべし」

仮面《かめん》の男が呟《つぶや》いた。

「目よ、絶界《ぜつかい》の無間《むげん》を覗《のぞ》く目よ、出でて未来を映すべし」

シャン

シャン

シャン

シャン

シャン

シャン

シャン

音が舞う。

「未来を映すべし」

だが、七色の光に照らされたツェルニは小環の音を虚《むな》しく拡散させていく。

シャン。

錫杖が音を止め、完全な静寂《せいじゃく》が訪《おとず》れる。

「やはり、ただの影《かげ》か」

その狼面《ろうめん》の者は静かに呟いた。

マイアスでのことは、すでに彼ら狼面衆《しゅう》の全《すべ》てが知るところとなっている。

リグザリオ機関との接続《せつぞく》失敗。

その際《さい》に現《あらわ》れたのは、ディクセリオ・マスケインが新たにこちら側に引き入れた武芸者《ぶげいしゃ》と、グレンダンから訪《おとず》れた天剣授受者《てんけんじゆじゆしゃ》。

そして、眠り子を連れた少女。

だが、どれだけ呼《よ》びかけても眠り子を守る存在《そんざい》である茨が現れる様子がない。

「影なら、茨がいるはずもなし」

声に失望の色はない。

それを確認《かくにん》することもまた彼らの目的だったからだ。

「だが、おかげで貴重《きちよう》な粉を失った」

その事実を考えれば、痛《いた》い。この都市が闊歩《かつぽ》する世界に、狼面衆たちが本来いるべきオーロラ・フィールドの世界を一時的にしろ再現《さいげん》するには様々な制限《せいげん》がある。その一つが、エアフィルターに散布《さんぷ》した粉の量だ。

「無駄《むだ》にはできん」

シャン。

再《ふたた》び錫杖を鳴らす。

「これより、眠り子の夢片《むへん》を回収《かいしゆう》する。グレンダンの手が動いた以上、あれを放置するわけにはいかん」

シャン。

「まずは彼《か》の者の本能《ほんのう》を引きずり出し、その正体を晒《さら》し、暴《あば》き、器を砕《くだ》いた後に夢片にかけられた封印《ふういん》を解《と》く」

シャン。

「行け」

言葉とともに他の発生器の上にいた狼面衆たちがその姿《すがた》を消した。

「……これで、八分」

都市の闇の中に消えていく同朋《どうほう》の姿を眺《なが》め、錫杖の狼面は呟いた。

「関《かか》わった程度《ていど》の天剣授受者はこの中では動けまい。邪魔《じゃま》ができるのはいつもの者のみだが……あれの性格《せいかく》からして必ず来るだろう」

夢片を食らいながらもなおも生き続ける希少な武芸者だ。できるならば再びこちらの手の内に戻《もど》したいが……

「……あれは茨の眷属《けんぞく》という考え方もできる。無闇《むやみ》に懐《ふところ》に入れるべきではないか」

すでに一つ失敗しているのだ。ならばこの一つまでも失敗としないために余計《よけい》な欲《よく》を出すべきではない。邪魔に現れるならば勝てぬまでも時間を稼《かせ》ぐことはできる。

「レヴァンティンに辿《たど》り着かせはせん。そのためにも夢片の奪取《だっしゅ》が先決だ」

そう、まずは……

だが、いずれグレンダンはレヴァンティンに辿り着くだろう。影とはいえ眠《ねむ》り子が外へと出てきた。それはつまり、水面下で動き続けていたなにかが面《おもて》へと表れ始めたということだ。

影はその先触《さきぶれ》だ。

それでなにが起こるのか、それをこの狼面の者は知らない。名を捨《す》て、精神《せいしん》的な個性《こせい》には制約《せいやく》を受け、能力評価《ひょうか》によって都市世界での活動の指揮者《しきしゃ》的立場にいるが、グレンダンとレヴァンティンの接触によってなにが起こるかを知らされてはいない。

あるいは、誰《だれ》にもわからないのかもしれない。

狼面衆にも、グレンダンの者たちにも。

だとすれば、それはこの都市世界に、この時代にどんな影響《えいきょう》を及《およ》ぼすのかもまるで計り知れないということになる。

同じように狼面衆たちの世界にも。

オーロラ・フィールドの向こうにも。

だが、それはこちらとて同じだ。

グレンダンがなにかを画策《かくさく》しているように、こちらも蠢動《しゅんどう》している。リグザリオ機関へと達し、眠り子の夢片を全《すべ》て破壊《はかい》する一手を講《こう》じている。

そして、その先には……

この戦いは将棋《しょうぎ》のようなものだ。どれだけ攻《せ》め込《こ》まれていようとも、どれだけの害を被《こうむ》ろうとも、相手よりも一手早く勝利を収《おさ》めることができればいい。

その後のことを考える必要など、まるでないのだ。

シャン。

動かしてもいないのに小環が鳴った。

ツェルニを覆《おお》うオーロラの光に揺《ゆ》らぎが走る。現れた異分子《いぶんし》に光の波が揺れたのだ。波紋《はもん》のように。

「来たな」

その駒《こま》がどれだけ動くのか？

こちらの打った手を掻《か》い潜《くぐ》り、攻め込んでくるだけの強さを持つのか。

相手はただ一つの駒。

こちらは無数の駒。

だが、現実《げんじつ》が盤面《ばんめん》の遊戯《ゆうぎ》と違《ちが》うところは、駒の動きとその順番に確立《かくりつ》された法則性《ほうそくせい》が存《そん》在《ざい》しないことだ。

†

この前、ここにやってきてからどれだけ経《た》った？

それを考えようとして、なんだか馬鹿《ばか》らしくなってきた。少なくとも昨日今日の話ではないが、だからといって一年二年も過《す》ぎてはいない。せいぜい半年。時間の感覚がかなり怪《あや》しくなってきているが、半年すらも過ぎてないかもしれない。

だというのにこの七色の光景はどうだ？

「切ないね」

男……ディクセリオ・マスケイン……ディックは呟《つぶや》いた。故郷《こきょう》を失い、この都市に流れ着いて過ごした六年間は、彼にとってそれなりに平穏《へいおん》な毎日だった。奪《うば》い奪われが日常《にちじょう》の強欲《ごうよく》都市ヴェルゼンハイムで、その主《あるじ》の子として生まれ育ったディックとしては退屈《たいくつ》すぎるほどに、悪くはないと感じる退屈さを与《あた》えてくれた都市だった。

それが、この様だ。

「まったく……なにがあったっていうんだ？」

呟き、ディックは人気の絶《た》えたツェルニの道を歩いていた。

やるべきことはわかっている。

マイアスに辿り着いたニーナもそうだった。オーロラ・フィールドの向こう、ゼロ領《りょう》域《いき》を通して狼面衆《ろうめんしゅう》の考えはディックにも届《とど》いている。

ニーナの内部にある廃貴族《はいきぞく》の奪取。

だがそれは、盗《ぬす》み聞きのようなものだ。全てを余《あま》すことなく知ることができるわけではない。

狼面衆がなにを目的にして行動したかはわかっても、その方法、その目的がもたらすものまでわかるわけではない。

わかろうとすれば、より深く彼らに介入《かいにゅう》しなければならない。

それは、彼らに取り込まれる危険性《きけんせい》を意味している。

歩きながら、ディックは小さく肩《かた》を震《ふる》わせた。強欲都市が滅《ほろ》んだあの日、ディックがこんな生活を続けることになったあの日、その後のことを思い出したのだ。

「あれは、二度とごめんだな」

震えた肩を撫《な》で、ディックは歩みを早める。ニーナがどこに住んでいるかは知っている。

建築科《けんちくか》実習区画にある記念寮《りょう》だ。あの建物を建てた建築家には覚えがある。たしか、二年か三年ぐらい下にいた。偏屈《へんくつ》で変人で服にはまるで興味《きょうみ》を示《しめ》さない、何日風呂《ふろ》に入らなかろうが、着替《きが》えていなかろうが気にしない癖《くせ》に、部屋の中には塵《ちり》一つの存在《そんざい》さえ許《ゆる》さないような歪《ゆが》んだ奴《やつ》だった。しかし、どんなスタイルの建物でも作ることができた。リフォームもできた。あいつにディックの部屋のリフォームを頼《たの》むと、なんとも古めかしいがとてもディックにふさわしい内装《ないそう》に変えてくれた。

「どうです？　先輩《せんぱい》にふさわしいと思いませんか？」

どこで手に入れたのか知らないが、肉食獣《にくしょくじゅう》の皮《かわ》で作ったカーペットの上に立ち、彼は自信満々でディックにそう聞いたものだ。

「ああ、最高だ」

ディックはそう答えた。

あれは、何年前の出来事だった？

一つ一つ、部屋の内装の説明をする彼の嬉《うれ》しそうな顔を思い出しながら、ディックはいつの間にか走っていた。

首からかけられた懐中時計《かいちゅうどけい》の鎖《くさり》がチャラチャラと鳴る。アンティークな外見だが、性能《せいのう》は多機能だ。学生時代に一度だけ、都市の外に出て汚染獣《おせんじゅう》を倒《たお》さなければならなくなったことがあった。その場所まで念威《ねんい》を飛ばせるほどの者はなく、丸裸《まるはだか》な気分で跳《と》び出さなくてはならなかったディックにこれをくれたのは、錬金科《れんきんか》にいた友人だった。方位磁石《じしゃく》にマッピング機能、短距離《たんきょり》通信……独力《どくりょく》でツェルニまで戻《もど》らなければならないディックに、彼女は思いつく限《かぎ》りの方法を考え、その方法のために必要な機能を搭載《とうさい》してくれた時計。

もはや、時を刻《きざ》む以外の機能は不全となってしまったが、それでもディックはこれを手放しはしない。

「絶対《ぜったい》、戻ってきてね」

心に届く言葉をくれたのは、彼女だけだ。

この懐中時計とその言葉が、衰弱《すいじゃく》しきったディックにツェルニへと戻る気力をくれた。

彼女の顔を思い出しながら、走るディックの手に錬金鋼《ダイト》が復元《ふくげん》される。

巨大な鉄鞭《てつべん》。

汚染獣と戦うことのみを考えたその巨大な打撃武器《だげきぶき》で、ディックはこれまで生きてきた。

腹《はら》の中で膨《ふく》れるこの感情《かんじょう》は、怒《いか》りだ。

古巣を荒《あ》らされる、怒りだ。

リフォームした部屋を自慢《じまん》げに説明するあいつや、懐中時計をくれた彼女や、それ以外にも六年の思い出の中で生きている恋人《こいびと》や友人や知人や敵《てき》たち、それらをディックの中に収《おさ》めさせてくれたこのツェルニを荒らすクソ野郎《やろう》ども。

「叩き、潰《つぶ》し、粉砕《ふんさい》する」

打撃武器とは、右手にかかる重量とは、そのために存在《そんざい》するのだ。

ディックの道をふさぐあらゆる障害《しょうがい》を、叩き伏《ふ》せ、叩き潰し、粉微塵《みじん》の塵芥《じんかい》と化さしめるために打鞭を選んだのだ。

だから……

疾走《しっそう》するディックの先に、数個《すうこ》の人影《ひとかげ》が立ちはだかる。

「てめぇら、いつものように死ねると思うなよ」

宣言《せんげん》し、ディックは放つ。

すでに、体内には十分以上の剄《けい》が満ちていた。

活剄衝剄混合変化《かつけいしょうけいこんごうへんか》、雷迅《らいじん》。

立ちはだかるもの全てを粉砕する、その一撃。

走る紫電《しでん》に青い剄の光がかすかに混《ま》ざっていたが、それに気付いた者はいなかっただろう。

だが、その青い剄が狼面衆の運命をいつものものとしない。

「なっ、が……」

ディックの雷迅に運良く吹《ふ》き飛ばされるだけで済《す》んだ一人が、声を上げてその場でのたうちまわった。

その胸《むね》に、服の上から黒い痣《あざ》のようなものが浮《う》き上がる。それは徐々《じょじょ》に徐々にその範囲《はんい》を広げていく。

まるで、汚染物質《ぶっしつ》に侵蝕《しんしょく》されるかのように。

すでに、他の狼面衆《ろうめんしゅう》は消滅《しょうめつ》している。

他の者は分身、本体はいまここで苦しんでいるこの一人だけだったのだ。

「馬鹿《ばか》な、なぜ……なぜっ！」

痛《いた》みに苦しみながら、仮面《かめん》の奥《おく》でくぐもった悲鳴が上がる。もはやこの男は意思を統合《とうごう》された狼面衆の一人ではない。ディックの攻勢《こうせい》を排除《はいじょ》するために切り捨《す》てられた、哀《あわ》れな捨《す》て駒《ごま》でしかない。

そして、ディックはそんな男の末路を確認《かくにん》することもなく、先へと進んでいく。

妨害《ぼうがい》は、寮の前に辿《たど》り着くまではなにもなかった。

ディックは足を止めた。

寮の前には誰もいない。

だが、殺気はディックに集中していた。

「ちっ」

舌打《したう》ちし、周囲を確認する。

記念寮《りょう》以外、辺りにあるのは未完成か、あるいは解体途中《かいたいとちゅう》の建築物《けんちく》ばかりだ。

むき出しになった鉄筋《てっきん》に、タイルの張《は》られていない屋上に、砕《くだ》けた塀《へい》の陰《かげ》に、狼面衆が無数に潜《ひそ》んでいる。

ディックの十八番である雷迅は直線での攻撃だ。だから正面には立たず、多方面から同時に襲《おそ》いかかるつもりなのだろう。

連中の能力《のうりょく》は、どれもディックにとっては取るに足らないものばかりだ。

だが、それでも集団《しゅうだん》でこちらの得手《えて》を抑《おさ》えた状態《じょうたい》で襲《おそ》いかかられれば、負けはしないが片《かた》づけるのに時間がかかる。

時間稼《かせ》ぎ。

つまりこいつらの目的はそれだということだろう。

(いっそ、全開でやるか……?)

その面倒《めんどう》さに、ディックは空いた左手を顎先《あごさき》に伸《の》ばした。

だが、途中で止める。

これで、こいつらの策《さく》が終わるとは思えない。そうなると、制限《せいげん》を課《か》すことでなんとか制御《せいぎょ》しているあの力がいざという時に使えなくなる。

あるいはニーナの中で眠《ねむ》る廃貴族《はいきぞく》の奪取《だっしゅ》という情報《じょうほう》そのものが罠《わな》で、本当の目的はディックの始末かもしれない。

あるいはその両方ともが真実で、そのどちらかの結果が得られればいいと考えているのか？

（出し惜《お》しみになるか？）

（そう考えさせる罠か？）

狼面衆との戦いは、いつでもこの探《さぐ》り合いと精神的葛藤《かっとう》が表舞台《おもてぶたい》に現《あらわ》れてくる。解はそんなものに頼《たよ》らなくてもいいだけの実力を、だ。だが、その解に従《したが》って成長するごとに、こいつらは出してくる数を増《ふ》やしてくる。

それが、狼面衆の対抗手段《たいこうしゅだん》だ。

数。

圧倒《あっとう》的な数。

おそらく、それこそがこいつらの持つ最大の強みなのだろう。

個としての成長を、その限界《げんかい》を覗《のぞ》き見、突破《とっぱ》し、新たな限界の壁《かべ》に直面するような真似《まね》をすることなく、ただひたすら集団としての強さを追求していく。約束された再生が自らを捨て駒とすることを厭《いと》わせないことも、集団の強さをより高めている。
悲壮《ひそう》な覚悟《かくご》がいらないのだ。
仲間が死ぬことに動揺《どうよう》しなくていいのだ。
その死を自らに投影《とうえい》して、二の足を踏《ふ》まなくていいのだ。
(なんとも、最強だ)
だが、彼らのその強さをディックは崩壊《ほうかい》させうる。
さきほど殺したあの男のように、ディックには彼らを壊《こわ》す手段がある。
「いいのか？　今日のおれは手加減《てかげん》なしだぜ？」
いまにも跳《と》びかかって来そうな狼面衆《ろうめんしゅう》に、ディックはそう声をかけた。
動揺は……かすかにだが、ある。
狼面衆たちがその心に持つ最強の幻想《げんそう》を、ディックは打ち崩《くず》すことができる。
そして、このままいけばニーナもそうなりうる。
狼面衆の狙《ねら》いは、それを防《ふせ》ぐことか？
防ぐという意味では、ディックとて同じだ。
(あいつを、おれと同じにはさせねぇ)
いつ、あの後輩《こうはい》に廃貴族がまとわりついてしまったのか、ディックはそれを知らない。

ただの情報提供者《ていきょうしゃ》として済《す》ますつもりだった哀《あわ》れな後輩をこちらの世界に巻《ま》き込《こ》んだ上、さらに廃貴族が憑依《ひょうい》して自分と同じことになってしまうなど、ディックにとっては許《ゆる》せない失態だ。

阻止《そし》しなくては。

「来ないなら、行くぞ」

膠着《こうちゃく》状態などごめんだ。ディックは止めた足を進ませる。

一歩踏《ふ》み出す。

動いた。

ディックの全身から衝剄が吹《ふ》き上がる。

鉄鞭を曲芸のように振《ふ》りまわし、風を生む。剛風《ごうふう》が生まれる。荒《あ》れ狂《くる》う。

ディックの周囲を埋《う》め尽《つ》くすように迫《せま》って来ていた狼面衆は、それで弾《はじ》き飛ばされる。

まだ止まらない。

「悪いが、おれは馬鹿《ばか》の一つ覚えでね」

下ろした鉄鞭《てつべん》が路面を粉砕《ふんさい》した。元の位置に戻《もど》すために引く。深い線が刻《きざ》まれた。

鉄鞭を肩《かた》に担《かつ》ぐ。

剄脈が回転するイメージが脳《のう》を突《つ》く。腰《こし》辺りの背骨《せぼね》が熱い。その熱が上下に分かれて駆《か》け抜《ぬ》ける。

剄の、エネルギーの奔流《ほんりゅう》。

それを溜《た》めこむ。

吹き飛ばされた狼面衆たちが起き上がり、再《ふたた》びディックに迫る。その手に握《にぎ》られた鋸《のこぎり》のような刃《やいば》を持つ剣《けん》が剄の光を受けて輝《かがや》き、闇《やみ》を泳ぐ肉食魚のように見えなくもない。獲物《えもの》に向かって、貪欲《どんよく》な突撃《とつげき》を敢行《かんこう》しているかのような。

「芸がないんだよ」

刃が至近《しきん》に迫る。

纏《まと》ったジャケットに触《ふ》れるか触れないか……

瞬間《しゅんかん》、爆発《ばくはつ》する。

雷迅《らいじん》。

放つ。

野太い紫電《しでん》の咆哮《ほうこう》が寮《りょう》の前の道路を光で支配《しはい》し、駆け抜けていく。ディックの前にいた狼面衆がその一撃で消滅《しょうめつ》する。

だが、まだ終わらない。

放ち終え、足を止めたディックは即座《そくざ》に振《ふ》り返り、再び放つ。

雷迅。

技《わざ》の余波《よは》で体勢《たいせい》を崩していた狼面衆が雷《かみなり》の一撃《いちげき》をまともに受け、消滅する。数人がすんでで跳躍《ちょうやく》に成功し、被害《ひがい》を免《まぬが》れる。

まだ終わらない。

雷迅。

今度は、上に向かって。跳んで逃《に》げた数人の中の半分がそれで消滅する。

勢《いきお》いを解体中の建築物の剝《む》き出しの鉄筋《てっきん》にぶつけ、さらに放つ。

雷迅。

まさしく、天からの一撃。

路面が爆砕《ばくさい》し、余波の中から髪《かみ》を振り乱《みだ》してディックが現《あらわ》れる。

頭上から狼面衆の着ていた上衣《うわぎ》の破片《はへん》が落ちてきた。

周囲には、狼面衆の姿《すがた》はない。四連続の雷迅によって、全《すべ》て消し飛んでしまったのだ。

「ちっ、時間をかけないとはいえ、疲《つか》れるのは一緒《いっしょ》だ」

舌打《したう》ちすると、ディックは寮の中へと駆け込んだ。

寮の中にも狼面衆たちがいた。

ディックはそれらを薙《な》ぎ倒《たお》し、突き進む。道をふさぐ奴《やつ》らの動きがニーナの部屋の位置を教えている。ディックは力尽《ず》くで押《お》し通り、その部屋に辿《たど》り着く。

　そこで、ディックは見た。

†

「武芸者《ぶげいしゃ》とは本来、ただ一人に存在《そんざい》した能力の模倣《もほう》品であり、電子精霊《せいれい》とはそのただ一人とともにあった、引きはがすことのできないパートナーだ。武芸者とはそのただ一人が残した無数の影《かげ》であり、電子精霊とはオリジナルの劣化《れっか》コピーにすぎない。だが、その相関関係は消えてはいない。電子精霊の痛《いた》みは武芸者の痛みであり、廃貴《はいき》族《ぞく》の怒《いか》りは武芸者の怒りだ。リグザリオの呪縛《じゅばく》によってこの世に残された影たる我々《われわれ》は、その関係性《せい》の下《もと》で汚《お》染獣《せんじゅう》と戦い続ける」

　誰《だれ》かの、声が聞こえる。

　ニーナは自分が夢《ゆめ》の中にいるのだと思っていた。

　なにも映《うつ》さない暗い夢だ。

　その中で聞いたことのない声が響《ひび》いて、耳に届《とど》く。

　誰だ？

　声にはならない。これは夢の中、自分の思い通りにならない夢の中。

それは、現実《げんじつ》となにが違《ちが》う？

「我々は影だ」

声はさらに続く。

「影としてこの世界にある。斜陽《しゃよう》が生み出す長い影だ。持主をはるか彼方《かなた》に置いたまま、その姿を真似《まね》ることしかできない者たちだ。

そんな運命から、逃《のが》れたいと思ったことはないのか？

汚染獣と初めて相対した時、恐怖《きょうふ》はなかったか？

危険《きけん》を押しつけながら、その補償《ほしょう》として与えられた生活を羨《うらや》むことしかできない連中に、怒《いか》りを感じたことはないのか？

どうして自分たちがこんな危険な場所で生きねばならないのかと考えたことはないのか？」

声は問い続ける。

「お前はどうして、戦い続ける？」

（わたしは……）

その時、ニーナの内部で記憶《きおく》が泡《あわ》のように浮《う》かび上がる。

それはシュナイバルにいた頃《ころ》。

それはまだ小さな頃。

それは武芸者としての訓練を始めたばかりの頃。

ニーナ・アントークが十歳《さい》の時のことだ。

†

仙鶯《せんおう》都市シュナイバル。ニーナの生まれ故郷《こきょう》。リグザリオ機関によって電子精霊が生まれいづる都市。

まるで鳥のように小さな小さな、まだまともな形すらない電子精霊たちが空を泳ぐ都市。

夜ともなればそれらが星よりも明るく瞬《またた》き、空を飾《かざ》る都市。

それがシュナイバル。

だがまだ昼の時間で、その幻想《げんそう》的な光景を見ることはできない。

青く広がる空は砂塵《さじん》が晴れ、八日ぶりに青色がのびのびと広がっているように見えた。だけど風は強く、耳を打つ音は寒々しい。エアフィルターに守られているから強風を直接《ちょくせつ》浴びることはなく、逆《ぎゃく》にまっさらな日の光を全身に浴びられるから暖《あたた》かい。

巨大《きょだい》な足がすぐそばで動いている。そのために時々影ができて、その時だけは冷たいなと思う。寒いのではない。冷たさは逆にありがたい。

体が、とても熱いからだ。

「あー……」

かすれた自分の声を空に放つ。弱々しいその声に、どうしたものかと思う。冷静な自分に驚《おどろ》いてしまう。

「あー……」

そこは外縁部《がいえんぶ》の下部、都市の外壁《がいへき》部分を這《は》うパイプの上だ。頭上には張《は》り出した外縁部の裏側《うら》があり、右は都市の外壁が、左には動く都市の足という光景がある。外壁とパイプの間にはわずかな隙間《すきま》があり、少しでも体がずれれば大地まで落下することになるだろう。

逆ならもっと当たり前にその運命が待っている。

近くにあるらしい排気《はいき》ダクトがけたたましい音を立てている。都市が大地を踏《ふ》む音はもっと騒々《そうぞう》しい。それを動かす機械の音が体を揺《ゆ》らす。その振動《しんどう》が、いつかニーナを地面に落とすかもしれない。

なら、逃《に》げればいい。十歳の子供《こども》とはいえ武芸者《ぶげいしゃ》だ。その身体能力《のうりょく》を駆使《くし》すれば、そこかしこにある突起《とっき》や足場を利用して外縁部まで戻《もど》ることは不可能《ふかのう》ではない。武芸者の子供たちが集まれば、度胸試《どきょうだめ》しとしてやる遊びの一つでもある。

だが、いまのニーナにはそれができない。

なぜならば、ニーナの両手足の骨《ほね》が折れているからだ。

「……どうしよう」

空を見上げたまま、茫然《ぼうぜん》と呟《つぶや》く。

すでに骨折《こっせつ》の痛《いた》みは麻痺《まひ》し、ただ熱だけが四肢《しし》を支配《しはい》していた。だがそれは動かさないからこその麻痺であり、そうしようとすれば激《はげ》しい痛みが襲《おそ》う。なにより、折れた両手足ではまともに立つことすらもできない。

「……どうしよう」

もう一度呟く。助けを呼《よ》ぼうにも痛みが邪魔《じゃま》をして声を張り上げることができない。できたとしても、届《とど》く距離に誰かがいるとは限《かぎ》らない。

その時、視界《しかい》にちらつく光があった。昼日中の陽光では、その姿《すがた》を確認《かくにん》するのは難《むずか》しい。

だが、視界の中で起こる規則《きそく》的ではない変化はこれだけだ。

ニーナの上をゆらゆらと揺らめく光の球。

「きっと、大丈夫《だいじょうぶ》だよ」

ニーナはその光の球に話しかけた。

形もまだまともにない、ろくな思考能力もないらしいその電子精霊《せいれい》はニーナの上で、ただゆらゆらと揺れ続ける。

原因《げんいん》はこの電子精霊にあった。

さらにいえば、その日、ニーナが父親と喧嘩《けんか》して家を飛び出していたことも原因の一つだろう。

喧嘩の原因は訓練にあった。

現在《げんざい》のニーナを知る者からすれば驚きだが、この頃のニーナは動き回ることは好きでも訓練はそれほど好きではなかった。

理由は、普段《ふだん》は温厚《おんこう》な父が訓練の時だけは別人のように厳《きび》しくなるからだ。その後様々な教官を屋敷《やしき》に呼んで技量《ぎりょう》を磨《みが》くこととなるが、基本《きほん》は父親が自ら教えた。

基本とはすなわち武器に慣《な》れること。素振《すぶ》りだ。

始めから終わりまで、飽《あ》くことなく武器を上下に振ることを義務《ぎむ》付けられた。それと同時に両手利《き》きとなるように普段からどちらの手でも物が扱《あつか》えるようにと仕込《しこ》まれる。朝食と昼食ではナイフとフォークを持つ手が逆となる。夕食と朝食も同様。勉強の時間も一時間ごとにペンを持つ手を逆にしなければならない。

勁《けい》の訓練も同時に始まったが、これもまた瞑想《めいそう》ばかりさせられる。

武芸者同士の交流である演武《えんぶ》会で、父が両手の武器から繰《く》り出す様々な技《わざ》を見ていたニーナは、訓練が始まるとそれらの技の数々を教えてくれると思っていただけに、失望を感じずにはいられない。

単調な素振りと瞑想だけを繰《く》り返す毎日に、すぐ嫌気《いやけ》がさした。

そして今日の喧嘩だ。

技を教えてくれとせがむと、父は厳しい顔で基本の重要性《せい》を説く。だが、幼《おさな》いニーナにはそれが理解《りかい》できない。

今日は、いつもよりしつこくせがんだ。

いつものように説教を始める父に、なおしつこく。

そして、殴《なぐ》られたのだ。

悔《くや》しくて、悲しくて、ニーナは屋敷から飛び出した。

どこか行くところ……すぐに思いつくのは最近仲良くなり始めたハーレイ一家が住んでいる工房《こうぼう》しかない。だが、ハーレイの父親はニーナの父親と懇意《こんい》にしているし、すぐに連《れん》絡《らく》が行くことは想像《そうぞう》できた。

「む……」

ニーナは硬《かた》く引き結んだ唇《くちびる》から唸《うな》るように声を漏《も》らし、考える。頬《ほお》がまだひりひりしている。鏡で確認していないが、たぶん赤くなっているのではないだろうか。

ではどこに行くか。

ニーナは家出をしようと決心した。しかし、別に二度と帰らない家出ではない。自分が家に帰らなければ母親が心配する。家出の原因は父にある。父は母に弱いから、負い目を感じる。父が折れて、ニーナに技を教えてくれるようになる。そんな図式を十歳《さい》の子供《こども》は考えていた。

それでも家出するのだから、二、三日は帰らないようにしなければいけない。

訓練着のポケットから財布《さいふ》を取り出す。マスコットが描《えが》かれたビニール製《せい》のカードケース。中に入っているカードは子供に持たせられるように利用限度《げんど》額《がく》が設定《せってい》されたタイプだ。

飛び出す前に、自分の部屋からこれだけは持ってきた。

昼の内にお菓子《かし》やパンを買いこんでどこかに隠《かく》れれば夜も過《す》ごすことができる。幸いにもいまは寒い時期ではない。念のために上着ぐらい買えば夜もなんとかなるに違《ちが》いない。

子供ながらにここまで考えると、いつのまにかハーレイ一家の工房に向かっていた足を方向転換《てんかん》させた。

そして、見てしまう。


見てしまったのは公園でだ。屋台でアイスクリームを買って家出のために買いそろえるものを考えていた。

ベンチに座《すわ》り、必要なものを頭の中に並《なら》べる。使える額には限度がある。アントーク家は代々武芸者を輩出《はいしゅつ》してきた家系《かけい》であるから、かなり裕福《ゆうふく》だ。だが、ニーナのお小遣《こづか》いはそれほど多くはない。

だから考えなくてはならない。考えて考えて考えて、買うものを決める。家出のために必要なものを。

「やっぱり、デミニフェのクッキーは外せない」

その結論《けつろん》に、ニーナは満足してうんと頷《うなず》く。小売りのものではなく缶《かん》で買うのだ。でも、それを買うとお小遣いを使い果たすことになる。そうなるとご飯はクッキーだけということになるだろう。野外で寝《ね》るのにベッドが不自然なことぐらいはわかる。そもそも寝具《しんぐ》を買うお金はさすがにない。暖《あたた》かい上着を古着屋で探《さが》すことを考えると、やはり食事はクッキーのみだ。

さすがに、食事がクッキーだけは問題か？

「大丈夫《だいじょうぶ》だ、なにしろデミニフェだからな」

お菓子への信仰《しんこう》心を確認《かくにん》し、満足して頷く。

アイスクリームも食べ終わり、ニーナはベンチから下りた。足を振って勢《いきお》いを付けて下りる。手に着いたコーンのカスを払《はら》い、デミニフェの方角を確《たし》かめる。

その時、目に入った。

公園の中央に一つだけある、大きな木だ。シュナイバルの公園には必ずこうした大樹《たいじゅ》が一つはある。この公園のものは一際《ひときわ》大きく、大人が十人ほど手を繋《つな》いだ輪ぐらいの幹《みき》に支《ささ》えられ、傘《かさ》のように広げた枝葉《えだは》が影《かげ》を作っている。

その木は電子精霊《せいれい》たちの巣だ。

群《む》れ集《つど》う電子精霊たちによって、日中でも淡《あわ》い光を放っている。夜ともなれば街灯がいらないほどに輝《かがや》き、公園の中を光の球が乱舞《らんぶ》する。シュナイバルで祭りが起これば、常《つね》に人の集まりは公園が中心となる。

だが、今はその大樹の周りに人の姿《すがた》はない。

ただ一人を除《のぞ》けば。

「…………ん？」

ニーナはその場から目をこらした。未熟《みじゅく》な内力系活剄《かっけい》が視力《しりょく》を上げる手伝いをする。男だ。なんの変哲《へんてつ》もない服装《ふくそう》の男。距離《きょり》が遠すぎてまだぼやけている。男は肩下《かたさ》げの大きなカバンを担《かつ》ぎ、その手になにかを持っている。好奇心《こうきしん》の強い何体かの電子精霊が男の周りに集まっている。

その電子精霊たちが一斉《いっせい》に男から離《はな》れた。

「…………え？」

ニーナは一瞬《いっしゅん》、なにが起こったのかわからなかった。男は手にしていたものを素早《すばや》くカバンの中に放《ほう》り込むと、周囲を見渡《みわた》す。ニーナと目が合うと、そそくさと公園から去ろうとしている。

走ってはいない。だが、足早に、慌《あわ》てたように去っていく。

「ま、待てっ！」

思わず叫《さけ》んだ。その時にはなにが起こったのか理解《りかい》した。

電子精霊を捕《つか》まえたのだ。手に持っていたのは金属製《きんぞくせい》の虫かごのようなもので、その中に一体が吸《す》い込まれたのが見えた。

（泥棒《どろぼう》だ）

男を追いかけて走りながら、ニーナは記憶《きおく》を引っ張《ぱ》り出した。

シュナイバルのことしか知らないニーナだが、話には聞いたことがある。

よその都市にはリグザリオ機関は存在《そんざい》しないらしい。電子精霊は機関部に存在するもの一体だけであり、小さな電子精霊など見たことはない、と……

そのため、電子精霊を研究するために盗《ぬす》みにやってくる者たちが存在する。他の都市に売るためであったり、どこかの都市の研究機関が派遣《はけん》したりと様々な者たちが電子精霊を盗みにくる。

シュナイバルの武芸者《ぶげいしゃ》たちは、汚染獣《おせんじゅう》と戦うだけでなく、こうした犯罪《はんざい》者たちとも日夜戦っている。ニーナの父とて、それは例外ではない。

（悪い奴《やつ》だ）

声を張り上げれば、巡回《じゅんかい》している都市警察所属《けいさつしょぞく》の武芸者が駆《か》け付けてくれたかもしれないが、ニーナの頭にはそれをしようという考えはなかった。

（追いかけて、捕まえる）

自らの内にある正義《せいぎ》感が、ニーナを動かしていた。

男も武芸者だったようだ。ニーナが速度を上げたというのに徐々《じょじょ》に離されていく。

(逃《に》げられる)

訓練を始めたばかりの子供《こども》と、成人の武芸者の差は大きい。距離は離されていくばかりで追いつく様子を見せない。

(回り込まないと)

後ろから追いかけるだけではだめだと気付いたニーナは、回り道をすることにした。向かう先は宿泊施設《しゅくはくしせつ》に決まっている。この通りをまっすぐ行けば施設のゲートに辿《たど》り着くはずだ。

(ええと……)

ゲートは必ず閉《し》まっているし、出入りには手続きと持ち物チェックが入るはず。まっすぐ走る分、男の方が有利だが、ゲートでのチェックの時間を考えれば……

(こっち!)

頭の中でグルグル考えて、ニーナは方向転換《てんかん》した。

角を曲がり、街灯を利用して屋根に上ると、屋根伝いに男を追いかける。

予想通りに、男は宿泊施設のゲートにいた。観光や買い物を終わらせるにはまだ早い時間だ。ゲートには人が少なかった。男の番はすぐにでも回ってきそうだ。

(急がないと)

屋根から飛び降《お》り、気づかれないように近づく。男はニーナの姿が見えなくなって安心したのか、それとも警備員《けいび》たちの前で澄《す》ましているだけなのか、平静を装《よそお》っている。順番がやってきた。男が肩下げカバンを下ろす。

（いまだ）

ニーナは一気に走った。男はカバンに集中していただけに反応《はんのう》が遅《おく》れる。警備員は普通《ふつう》の人だ。武芸者は呼《よ》ばれるまで控《ひか》え所にいるはず……泥棒と間違《まちが》えられて捕まることはなかった。

「あっ！」

男の悲鳴が背後《はいご》から聞こえる。ニーナの手にはカバンがある。走りながらカバンを開けて虫かごを引っ張り出し、後は投げ捨《す》てた。走りながらでは開け方がわからないので、そのまま抱えて走った。

「まてぇ！」

後ろから男の怒鳴《どな》り声が聞こえる。ニーナは走り続けた。だが、ここはシュナイバル。幼《おさな》い時から知っているニーナの庭だ。裏道《うらみち》を駆使《くし》してニーナは逃げまくった。

そして外縁部に辿り着いた時には、追ってくる者は誰《だれ》もいなかった。

「よし、これで」

ニーナは虫かごを地面に置いて、どうやって開けるのかを確《たし》かめた。これで、どうやってゲートのチェックをごまかすつもりだったのか、ニーナには考え付かない。それよりも虫かごを開けるのに集中する。

普通《ふつう》の虫かごのように簡単《かんたん》には開かない。柵《さく》ごと外すのかもしれないが、外し方がわからない。壊《こわ》してみようと思うのだが、それもうまくいかない。なにより、派手《はで》に壊そうとして、中にいる電子精霊《せいれい》になにかあっても困《こま》る。

「これは、警察に持っていかないとだめかな？」

そう呟《つぶや》いた時、

「させる……かぁ」

声がニーナの背後から聞こえてきた。

しまったと思った時には遅《おそ》かった。虫かごを抱《かか》えて逃げだそうとしたがその前に襟首《えりくび》を掴《つか》まれる。

巻《ま》いたと思った男に追いつかれたのだ。

「なんなんだお前は！」

宙《ちゅう》づりにされ、虫かごに手が伸《の》びる。ニーナは抱え込んで必死に守った。

「うるさい泥棒《どろぼう》！」

その手に噛《か》みつく。

「ぎっ！　てめぇ！」

放《ほう》り投げられた。落下防止《ぼうし》柵で背中《せなか》を打ち、一瞬息が詰《つ》まる。だが、ずり落ちる前に柵に摑まると、一気に上って向こう側にまわった。

「電子精霊がどれだけ大切か知ってるくせに、盗《ぬす》みなんてするな！　それでも武芸者《ぶげいしゃ》か！」

「ガキが偉《えら》そうにぬかすな！」

男が防止柵を飛び越《こ》える。ニーナは走る。戦って勝てるとは思えない。

（くそう、こんな奴《やつ》）

殴《なぐ》ってやりたい。そう思いながら走り続ける。追いつかれるのは時間の問題だ。だが、逃げ場はどこにもない。落下防止柵を越えようとすればその間にまた捕《つか》まってしまうだろう。ただひたすらまっすぐに走るしかない中、いずれ追い付かれるのがわかっていながらそれしかできないニーナは手にした虫かごをぎゅっと抱《だ》いた。

「あっ」

いきなり、足が滑《すべ》った。地面は平らで、足が滑るようなものはなにもない。

（やられた）

地面を転がりながら舌打《したう》ちする。男がなにかをしたのだ。起き上がろうとしたところで背中を踏《ふ》まれて身動きができなくなった。

「ガキがっ、調子に乗るな！」

「ぐっ」

咄嗟《とっさ》に虫かごを胸《むね》の下に隠《かく》す。取れないことにイラついた男はニーナを蹴《け》り飛ばした。その衝撃《しょうげき》で虫かごを手放してしまう。

慌《あわ》てて取ろうとしたが、その前に男によって拾い上げられてしまった。さらに腹《はら》を踏みつけられて、身動きが取れなくなる。

「………アントーク家のくそガキか？」

男が、ニーナの顔を見てそう呟いた。

「なんで、わたしを……」

「知らないわけがないだろうが」

「お前……シュナイバルの？」

その事実にニーナは愕然《がくぜん》とした。シュナイバルの武芸者が、電子精霊とともに生きているシュナイバルの人間が、都市外に電子精霊を持ちだそうとするなんて……

「なにを考えてるんだ！　電子精霊はこの都市の大切な……友達じゃないか」

友達。

シュナイバルに生きている者なら、誰でも教えられることだと思っていた。電子精霊シュナイバルによって守られるこの都市で育つ者は、そう言われて大きくなっていく。公園にある大樹《たいじゅ》は液化《えきか》セルニウムを吸《す》って育ち、その樹液を電子精霊が吸って糧《かて》とする。その電子精霊たちは都市を制御《せいぎょ》することには参加しないものの、都市内の環境維持《かんきょういじ》に多大な貢《こう》献《けん》をしている。

シュナイバルが誕生《たんじょう》した時から食糧危機《しょくりょうきき》になったこともなく、その他疫病《えきびょう》に悩《なや》まされたこともないのは、この小さな電子精霊たちが働いてくれているからだと。

自律型移動都市《レギオス》シュナイバルが、どの都市よりもはるかに豊《ゆた》かな環境でいられるのはこの小さな隣人《りんじん》たちの助けによるものなのだと、教えられるはずだ。

「どうして？」

悔《くや》しかった。他の都市の人間が電子精霊を盗みに来ることも許《ゆる》せないが、それ以上に、その恩恵《おんけい》に与《あずか》っているシュナイバルの人間がこんなことをしようとするのが悲しくもあった。

「……どれだけ豊かでも、おれのとこまでそれが来ないんじゃ話にならねぇ」

「なんでだ？　お前は武芸……」

「くそったれの大人の事情《じじょう》が、ガキのお前にわかるか！」

腹を強く踏まれて、言葉が途中《とちゅう》で途切れた。無理やり吐《は》き出させられた息に血の味が混《ま》ざっているような気がした。

そこでニーナは悲しくなっていた気持ちが吹《ふ》き飛んだ。反抗心《はんこうしん》が燃《も》え上がる。シュナイバルの民《たみ》でありながら電子精霊を粗末《そまつ》に扱《あつか》うことに怒《いか》りを覚えたこともそうだが、それ以上に『大人の事情』と男が叫《さけ》んだのも、もしかしたら原因《げんいん》の一つかもしれない。自分に基礎《きそ》の訓練しかさせてくれない父親の姿《すがた》が頭に浮《う》かんでいた。

「っ！」

ニーナは自分の腹を踏む男の足を思い切り殴《なぐ》った。足首の部分だ。ブーツの金具が皮膚《ひふ》を裂《さ》くのがわかった。自分の拳《こぶし》から血が出ていた。

それでも男は突然《とつぜん》の一撃にバランスを崩《くず》す。そのすきに脱出《だっしゅつ》して、さらに倒《たお》れかけている男の顎《あご》に頭突《ずつ》きをした。鋭《するど》い顎は自分の頭も痛《いた》くさせた。目尻《めじり》に浮かんだ涙《なみだ》を我慢《がまん》しながら、手から離《はな》れた虫かごを奪《うば》い返す。

そのまま再《ふたた》び走って逃《に》げようとした。

だが、男はそうさせなかった。

「ガキがっ！」

子供《こども》に不意を突かれたことが、男をさらに怒《おこ》らせたのだろう。

衝剄《しょうけい》を放った。

それが全力のものだったのかどうかはわからない。

ただ、ぎりぎりで危険《きけん》を察知できたニーナは腕《うで》を交差させて衝撃に耐《た》えようとした。

だが、耐えられなかった。

衝剄の爆発《ばくはつ》が重ねた腕を軋《きし》ませ、なにかを崩壊《ほうかい》させる音を弾《はじ》けさせた。虫かごの砕《くだ》ける音が腕の内側でした。足が地面から離れる。子供の軽い体重が爆発で浮き上がり、そして地面を踏ませなかった。

外縁《がいえん》部の外へと放《ほう》り出されたのだ。

それから、どうしたのかはよく覚えていない。このままでは地面に落ちるという状況《じょうきょう》で咄嗟《とっさ》になにかをしようとして、それがなんとか形になって、今いるパイプの上に着地した。

そういうことらしいのはこの状況を見ればわかる。

だが、その時に両足の骨《ほね》を折ったらしい。その上で頭を打ち意識《いしき》を失ったので前後の状況が思い出せないのだろう。

両手は衝剄で、そして両足は落下で。

気が付いても身動きが全く取れないまま、数時間が経《た》とうとしていた。

寝転《ねころ》がっている以外にはなにもできることはない。空からは青みが失《う》せ、夕焼けの色になりつつある。気温は下がり続け、体が震《ふる》えてきた。出血で血が足りなくなったためかもしれない。

折れた両手足だけが相変わらず熱を保《たも》っているが、それは決して寒さを和《やわ》らげはしなかった。肉の奥《おく》で痛みがうずく感じは不快《ふかい》でしかなく、自分の命が、肉体が正常《せいじょう》な状態《じょうたい》ではないことを知らせ続ける。

わかっていてもどうしようもない状態だということを、頭以外の部位はわかってくれない。

それに苛立《いらだ》たしさを感じる余裕《よゆう》も、ニーナにはもはやない。

でも、たすけを呼《よ》ぶ声ももう出ない。

あの男は、ニーナが落ちて死んだと思ったのか探《さが》しに来ない。虫かごは壊れたのだし、電子精霊《せいれい》も無事に脱出《だっしゅつ》できてニーナの上を漂《ただよ》っている。

男のもくろみは完全に潰《つぶ》した。

その満足感だけが、今のニーナを支《ささ》えていた。

だが、その支えも日が陰《かげ》るにつれてあやしくなってくる。

暗闇《くらやみ》に包まれるのは早かった。都市の足が陽《ひ》を遮《さえぎ》るため、日陰になりやすい場所なのだ。荒野《こうや》に夕焼けが差す光景は、なんともいえないもの寂《さび》しさがある。だが、ニーナにはそれを感じる余裕はなかった。ただ、視界《しかい》さえも不自由になることに不安を覚えるだけだ。

視界が悪くなれば寂しさが増《ま》してくる。さらに喉《のど》の渇《かわ》きが強まってきた。

空腹《くうふく》を感じないことだけは救いかもしれないが、それは衰弱《すいじゃく》しているためだけかもしれない。

ただ、周囲が暗くなればそれだけ電子精霊の淡《あわ》い光がはっきりと現《あらわ》れてくることになる。

「大丈夫《だいじょうぶ》」

心配してくれていそうな電子精霊にそう伝える声もか細く、かすれていく。

乾燥《かんそう》した喉のためか呼吸《こきゅう》をするのもつらく感じる。

(死ぬ……かな?)

「デミニフェのクッキー、買っておけばよかった」

夜が近づいてくる気配に、ニーナは呟《つぶや》いた。

「せっかく、家出したんだから……」

この時、おそらく意識《いしき》の混濁《こんだく》が始まっていたのだろう。自分がなにを考え、なにを呟いているのか、それすらもよくわからなくなっていた。ただ、刻《こく》一刻と闇に塗《ぬ》られていく視界に、ああ、夜になるのだなと思っただけだ。

本当は夜になったのではなく、ニーナが意識を失ったのだが。

——意識を取り戻《もど》した時には、本当の夜になっていた。

だが、ニーナは眩《まぶ》しさに開けたばかりの目を細めた。

「なに……？」

たすけが来た？　そう思った。正しい状況予測《よそく》ではある。家に戻らないニーナを心配して両親が探しに出、そして発見される。それがもっともあり得るものの順序《じゅんじょ》だろう。

だが、実際《じっさい》にはそこに人の姿《すがた》はなく、ただ淡い光がニーナを包んでいた。

「電子精霊？」

淡い光の球が群《む》れになってニーナを囲んでいる。

そして、その群れの後ろには一際《ひときわ》大きな光がいた。

「…………え？」

それは、人のようだった。だが、人ではない。電子精霊と同じ光に包まれた裸身《らしん》の女性《じょせい》がいる。だが、腕のあるべき場所には腕はなく、代わりに翼《つばさ》があった。長い髪《かみ》には飾《かざ》りのような長い尾羽《おばね》がいくつもあった。腰《こし》の部分には長い羽根がスカートのように生えている。足首から先は鳥の足で、まるで宙《ちゅう》を摑《つか》むような形になっていて、空中だというのに静止している。

「シュナイバル？」

まさか、と思った。

見たことはない、だが、ここまで大きな電子精霊は他に見たこともないのだから、やはりそういうことになるのだろう。

気がつけば、耳にはなんの音も聞こえてこない。すぐ側《そば》にあった巨大《きょだい》な音、都市の足が動く音がしないのだ。

電子精霊シュナイバル。

この都市の意識であり、この都市そのものだと言っても過言《かごん》ではない存在《そんざい》がニーナを見下ろしていた。

「あ………」

半獣《はんじゅう》半人の電子精霊は静かな目でニーナを見下ろしていた。その目には電子精霊をたすけたことへの感謝《かんしゃ》があり、怪我《けが》したことへの労《いたわ》りがあった。

言葉はない。だけど、その目だけでなにが言いたいのかわかった。そして嬉《うれ》しかった。

自分のしたことが間違《まちが》っていないと認《みと》められたのだ。

「よかった」

出てくる涙《なみだ》を噛《か》みしめるように目を閉《と》じた。嬉しくて嬉しくてたまらない。死んでもいいと思ったぐらいだ。本当は死にたくないけど、もっと父親に鍛《きた》えてもらって強くなって、もっと都市を守りたいと思っているけれど、でもいまは死んでもいいと思った。

それぐらい嬉しかった。

それだけに……それだけに、次に起こったことがニーナには信じられなかった。

一体の電子精霊《せいれい》が、一つの淡い光の球がシュナイバルの周りを飛び回る。シュナイバルはその球に顎《あご》を動かす程度《ていど》の軽い頷《うなず》きを返した。

その意味が、ニーナにはわからなかった。

光の球はシュナイバルからニーナの上に移動《いどう》した。一度だけそこで円を描《えが》くと、まっすぐに胸《むね》の中に飛び込《こ》んできた。

熱がニーナの中で弾《はじ》け、体中から迸《ほとばし》る。その熱はニーナを焼き尽《つ》くし、悲鳴さえも上げさせなかった。

これはなんの仕打ちかと思った。さっきまで褒《ほ》めてくれたというのに、いきなり、こんなこと……

だが、その熱はすぐになくなる。苦しみは余韻《よいん》もなくどこかに消え去り、ニーナはただ、さきほどまでの反動で……

立ち上がった。

「………え？」

シュナイバルに文句《もんく》を言おうとして、すぐに自分の状態《じょうたい》に気付き、言葉を失う。

折れて熱を持っていたはずの手足が、感じからして間違いなく腫れて青黒くなっていたはずの手足がなんともない。痛《いた》みも何もかもが消えてしまっていた。

「なんで……？」

自分の状態が信じられなかった。

シュナイバルのご褒美《ほうび》？

だが。すぐに違うことに気付く。

気付けるだけ、ニーナは聡《さと》い子であったのだろう。だが、それはこの状況《じょうきょう》にあっては幸運であったのか、あるいは不幸であったのか。

ニーナの胸に飛び込んだ光の球。

自分が助けた光の球。

怪我《けが》をしたニーナとずっと一緒《いっしょ》にいて、励《はげ》ましてくれていた光の球。

電子精霊。

「まさか……そんな、そんなの……」

誰《だれ》も否定《ひてい》をしなかった。ニーナの周りを囲む光の群《む》れ……数多くの電子精霊も、その中から一体すらもニーナの周りを飛び回って、『違うよ』とは主張《しゅちょう》してくれなかった。シュナイバルはその瞳《ひとみ》に静けさだけを湛《たた》えて、ニーナを見つめていた。

また、涙が出てきた。だが、今度の涙は出てきても嬉しくもなんともなかった。ただ悲しかった。悲しくて悲しくて仕方なかった。

電子精霊が自分のために命を投げ出した。

そうとしか考えられないからだ。

「だめだよ」

ニーナはそれだけを呟《つぶや》き、ただ茫然《ぼうぜん》とその場に立ちつくした。

光だけが、そんなニーナをいつまでも見守ってくれていた。

†

ざわめきがニーナを囲んでいた。ただ、そう感じるだけでそれを確証《かくしょう》に変えるものはなにもなかった。手足の感覚は変わらずない。本当に自分がここに存在《そんざい》しているのか、自分ではよくわからなかった。

「影《かげ》にして夢片《むへん》。それがお前か」

声がそう告げる。

夢片？

なんのことだ？

(わからない)

ニーナは思った。言葉にしたつもりだが、それは音として耳に伝わってこなかった。

やはり、夢《ゆめ》なのか？

しかし、夢にしては妙《みよう》な現実感《げんじつ》のようなものがある。

ニーナの夢は、いつも薄《うす》ぼんやりとしていて連続性《せい》のないものばかりだ。短いシーンが次々と切り替《か》わるようにして、因果《いんが》関係がまるでわからないような続き方をする。

今日だけ別というのはなんだかしっくりとこない。

それに、十歳《さい》の時のあのことをこんなにも明瞭《めいりよう》に思い出すだなんて……

(なんだこれは？)

あきらかに、おかしい。

だが、どうすればいいのかがまるでわからない。さきほどから起きようと試みてはいるが、なんの反応《はんのう》も返ってこない。体が動かないもどかしさすらなく、ただ空気を押《お》すような感覚だけがある。

「なるほど、ツェルニとの感応にはそういう秘密《ひみつ》があったか」

「もはやこの者、ただの────の影ではないということか」

「──と──の子ということか。いや、血筋《ちすじ》的には玄孫《やしゃご》でも足りぬが」

「現実の親等にどれほどの意味があろう」

「そうだ。つまりはそういうことだ」

「そういうことだ」

「現《あらわ》れたのだ」

「現れたのか」

「現れたのだ」

ざわめきだった声から意味のある言葉が次々と届《とど》けられる。

だが、意味するものはわからない。

わからないまま、声だけがなにかを決めていっているかのようだった。

ニーナのことなのに、ニーナを無視《むし》して話を進めている。

「────の申し子が現れたのだ」

「ならば行動を変えねばならぬ」

「変えるべきだ」

「持ち帰るべし」

「夢片などどうでもよい。いや、吸収《きゅうしゅう》し、より完全に近づいてもらわねば」

「それがよい。混合《こんごう》したとはいえ、成熟《せいじゅく》しておらぬものに過《す》ぎぬ」

「左様。コピーとしての力を発現できておらぬのでは話にならない。ここはやはり、この夢片も混《ま》ぜ合わせるのが上策《じょうさく》というもの」

「それがよい」

「それでよい」

なにかが、決まった。

「そのためには――がかけた封《ふう》を解《と》かねばならぬが……」

「なにそれも、じきに……」

突如《とつじょ》、言葉の後半が雑音《ざつおん》に乱《みだ》れ、消えた。

「む……」

「来たか」

「いや、これはそれだけではないぞ」

「まさか」

「まさかグレ――の者か？」

「まさか」

「しかし」

「それ以外の力が」

「我《われ》らに近い」

「これは」

「これは……」

言葉たちの中に走る動揺《どうよう》の意味などわからず、ニーナはただ、この茫洋《ぼうよう》とした中で漂《ただよ》い続ける。

†

空に一つの異変《いへん》が起きた。

ツェルニの街の一角、中央にある校舎群《こうしゃぐん》からではなく、その外れ、生徒たちの住居《じゅうきょ》や商店が雑居している辺りだ。

炎《ほのお》だ。

突如として現れた炎が渦《うず》を巻《ま》き、天へと昇《のぼ》り、エアフィルターに衝突《しょうとつ》し、その気流に逆《さか》らうように拡散《かくさん》していった。

その炎の根元。

「はは、これはどういう冗談《じょうだん》です？」

屋上に立ったサヴァリスは、ツェルニの空を見上げていた。

そこにある七色の風景。見たこともない光景が、すぐそばにある炎の柱によって焼き払《はら》われようとしている。

「初めてですよ、こんな光景は──」

戦闘《せんとう》のにおいが鼻の粘膜《ねんまく》を刺激《しげき》する。ちりつく痛《いた》みに頰《ほお》が緩《ゆる》むのを止められない。

炎の柱、その根元を見る。

そこには赤い髪の女がいる。

肉感的で野性的な美女は、その手に槍《やり》を握《にぎ》りしめ空を睨《にら》んでいる。引きちぎれて切れ端《はし》のようになった服が引っかかったままで、ほとんど全裸《ぜんら》と変わらない。そのことに羞恥心《しゅうちしん》を抱《いだ》いている様子がないところが、野性的であり、同時に全身から溢《あふ》れる勁《けい》が自然と炎に変じたものを背負《せお》っているところなどは、まるで戦《いくさ》女神の化身のような神々《こうごう》しさがある。

どういう状況《じょうきょう》なのか？

サヴァリスにもよくわかっていない。

全《すべ》ては突然のことだった。ゴルネオが質問《しつもん》をして、それに答えようとしていたまさにその時だった。

ゴルネオの背後《はいご》で、突如として剄が膨《ふく》れ上がった。

そう感じた瞬間《しゅんかん》には、部屋中が炎で満たされた。反射的《はんしゃ》にサヴァリスは窓《まど》を破《やぶ》りベランダから屋上へと退避《たいひ》した。炎はサヴァリスの破った窓から飛び出し、そして、まるで生き物のようにうねりよじれて柱を作ると、空に襲《おそ》いかかったのだ。

七色に輝《かがや》く空に。

「ゴルネオは、死んだかな？」

あの炎だ。逃《に》げ遅《おく》れていまだ出てくる様子のない弟の末路を考えたが、助けに行こうという気はない。

死んだのならば、ルッケンスの血筋《ちすじ》はおじか従兄弟《いとこ》たちの誰かに本流の座《ざ》を明け渡《わた》すことになるだけの話だ。

「さて、これから何が起こるのかな？」

七色の空、そしてこの炎。

炎を生み出したのは、あの裸身の美女は、間違《まちが》いなくシャンテだ。殺剄で姿《すがた》を隠《かく》したサヴァリスを見つけた少女。あの女王ですら骨格《こっかく》までは弄《いじ》れないというのに、自らの容姿《ようし》をあそこまで激変《げきへん》させたのはどんなトリックを使ったというのか。

そして、この膨大《ぼうだい》な勁。

その勁の持ち主が敵意《てきい》を向ける存在《そんざい》。

七色の空。

こんな異変を生んだ何者かが、どこかにいるということか？

「現実のこととはとうてい思えませんね」

動揺する様子などまるで見せぬまま、サヴァリスは呟《つぶや》く。

「……だとすれば、これはあの狼面衆《ろうめんしゅう》とかいう連中が絡《から》んでいるのですかね？」

誰にともなく問いを投げながら、サヴァリスは様子を見守る。

空を焼く炎はやがて勢《いきお》いを失って完全に消滅《しょうめつ》した。空にはまだ、七色の光が残っている。

だがその色はくすみ、いまにも本来の星と闇《やみ》の光景に呑《の》み込《こ》まれてしまいそうだった。

それが完全に消えた時、奇怪《きかい》な夜が終わることをサヴァリスは本能的《ほんのう》に察した。

炎の柱は消えても、シャンテの放つ勁に弱まりは見られない。その姿には優美《ゆうび》な四肢《しし》を備《そな》えた肉食獣《にくしょくじゅう》の闘志《とうし》があり、その目は獲物《えもの》を見失ってはいない。

「がっ！」

短く吠《ほ》えると、シャンテがベランダから飛び出した。紅《あか》い軌跡《きせき》を宙《ちゅう》に刻《きざ》むシャンテを追うべく、サヴァリスも跳《と》ぼうとした。

だが、気を変えて別の場所に向かって跳ぶ。
サヴァリスが気を変えた原因《げんいん》とは、別の剄《けい》
シャンテが炎であるならば、それは雷《いかずち》。
迅《はや》く、そして重い、天の気まぐれな一撃《いちげき》を連想させた剄がそこにあったからだ。
そしてその剄は、強力な存在感をサヴァリスに叩《たた》きつけた。

†

ニーナの部屋へと到達《とうたつ》したディックはそれを見た。

部屋は一般《いっぱん》的な寮《りょう》の個《こ》室《しつ》としては広い部類に入るはずだ。この寮が作られたのはディックの在学中ではないが、部屋の広さは寮の外観と内部に入った時の配置でなんとなくわかる。

その広い部屋から形が失われていた。

あるのは夜だ。七色の夜。星が瞬《またた》きオーロラが揺《ゆ》らぐ夜に支配《しはい》されていた。

そこに、パジャマ姿のニーナが浮《う》いている。

その周囲を狼面衆が囲んでいた。

「お前ら、ニーナをはなせ」

廊下《ろうか》に立ったまま、ディックは吠えた。

剄を混《ま》ぜたその声で空間に波紋《はもん》が走り、ドアを境《さかい》に火花が散った。ニーナたちの姿が揺《ゆ》らぐ。

（ちっ、やっぱりな）

結果に、ディックは内心で舌打《したう》ちした。

（向こう側に繋《つな》げられちまってるな）

狼面衆たちがいる世界。ツェルニを一時的に向こう側へと変じさせたその力を、この場所に凝縮《ぎょうしゅく》させているのだ。

そのために、この部屋はツェルニの一部という形すらも失ってしまっている。

（迂闊《うかつ》に入り込めんな）

入れば、向こうの法則《ほうそく》に従《したが》わなくてはならなくなる。武芸者《ぶげいしゃ》としての力はこちら側だからこそ通用するのだ。そして向こう側での戦い方では、狼面衆たちの方に一日《いちじつ》の長《ちょう》がある。

数で負けている上に戦闘《せんとう》能力でまで負けては、話にならない。

「やはり貴様《きさま》か、ディクセリオ・マスケイン」

「ああ、おれだよ。他《ほか》にいるのか？　こんな物好き」

感情《かんじょう》のない声に、ディックは答えた。

「いないな」

「ほとんどの者が、お前との因縁《いんねん》を消滅させる」

「忘却《ぼうきゃく》の果てに」

「死の果てに」

「思い出の果てに」

苦い記憶《きおく》にディックは顔をしかめた。ツェルニ在学中、ディックはいまと同じように戦い、そしてニーナのように数人の者を巻《ま》き込んだ。

その末路を思い出させる。

この寮を作った後輩《こうはい》はディックのことを覚えていないだろう。懐中《かいちゅう》時計を作ってくれた彼女は関《かか》わり過《す》ぎたために死んでしまった。そして、最後までディックに近づこうとしたあの女性《じょせい》は卒業式の時にようやく突《つ》き放せた。

このツェルニでディックとともに時を過ごした者は、誰《だれ》も彼のことを覚えてはいない。

ただ、学園の記録の中に名前があるのみだ。

「特異点《とくいてん》。この世界で生きるのは辛《つら》かろう？」

「おまえは、ただそこにいるだけで多くの者を巻き込む」

「引きずり込む」

「お前の存在《そんざい》、それ自体がこの世界と我《われ》らの世界を繋ぐ穴《あな》だ」

「お前は世界を侵蝕《しんしょく》する」

「辛かろう」

「戻《もど》ってきても、良いのだぞ」

淡々《たんたん》とした誘惑《ゆうわく》に、ディックは歯を剝《む》いて笑い、拒否《きょひ》する。

「冗談《じょうだん》じゃない」

その手に握《にぎ》った鉄鞭《てつべん》を突きだす。錬金鋼《ダイト》を覆《おお》った剄が微《かす》かに流れ出し、火花が散る。

激《はげ》しい、拒絶反応《きょぜつはんのう》の火花だ。

「お前たちはおれの都市を潰《つぶ》した。親父《おやじ》を殺し、兄貴《あにき》を殺し、全員潰しやがった。おれがぶち殺したかった奴《やつ》も、信頼《しんらい》していた奴も、どうでもいい奴も、全員だ」

みんなみんな、目の前にいる狼面《ろうめん》を被《かぶ》った連中が殺した。

生き残ったのはディック一人。足を止めた強欲《ごうよく》都市ヴェルゼンハイムに人のにおいを嗅《か》ぎつけてやってきた汚染獣《おせんじゅう》たちは、きっと絶望したことだろう。そこにあったのがただの人のにおいの残滓《ざんし》でしかなかったことに。

そこに、誰もいなかったことに。

人の姿《すがた》など影《かげ》も形もなく、死体もなく、その断片《だんぺん》もなく。そこら中にある破壊《はかい》の片隅《かたすみ》に人の群《む》れが生活をしていた痕跡《こんせき》だけを残して、なにもかもが消え去ってしまった都市を見つけただけの徒労感はいかばかりのものなのか。

全て、この目の前にいる連中が取りこんだのだ。

狼面衆という、群体として生きることを選んだ連中に喰《く》われてしまったのだ。

「その全《すべ》てをおれは取り返す。お前たちの手から戻せないというのならば粉砕《ふんさい》する。ディクセリオ・マスケインから奪《うば》うということはそういうことだと、お前らの骨身《ほねみ》に叩《たた》きこむ」

裂帛《れっぱく》の剄が鉄鞭越《ご》しに放たれ、再《ふたた》び空間に火花が散り、波紋が走る。

「どうやってだ？」

それはおそらく挑発《ちょうはつ》のつもりなのだろう。感情が失われたわけではないのだろうが、その表現《ひょうげん》方法をすでに失ってしまっている。

このドアを境に、向こう側は別の世界。武芸者としての力は通用しない。

圧倒《あっとう》的に不利な状況《じょうきょう》。

だが……ディックは決して焦《あせ》りはしない。

「こうやってだ」

その顔に笑《え》みを浮《う》かべ、言った。

ほぼ、同時だ。

突如《とつじょ》として、その空間に炎《ほのお》が現《あらわ》れた。火種のように小さく、闇世《やみよ》の中で新たな星が生まれたような小さな点だったそれは、瞬《また》く間に炎の波濤《はとう》となり、空間を紅《あか》一色に埋《う》め尽《つ》くした。

「これは……」

淡々《たんたん》と動揺《どうよう》する狼面衆たちを、ディックは嘲笑《あざわら》った。

「忘《わす》れたか？　いまだあいつは半々の状態《じょうたい》でいる。お前たちはそれを確《たし》かめたはずだ」

この時、ツェルニの天地を巨大《きょだい》な炎の柱が繋《つな》いでいた。その炎はツェルニを覆う、この都市を異界《いかい》化させた因子《いんし》を焼き払《はら》う。

当然それは、この空間にも及《およ》ぶ。

「火神か」

「顕現《けんげん》させたか」

ニーナがこの闘争に巻き込まれた時、彼女は目の前の障害《しょうがい》を払う強い存在、頼《たよ》れる存在を想像《そうぞう》し、そして一人の少年を呼《よ》び出した。

時間と空間を無視《むし》し得るこの状態の時だからこそできること。

それが顕現と呼ばれるものだ。

「あれがおれの手にある以上、お前らに優位性《ゆうせい》なんぞ存在しねぇよ。お前たちはいつまでも狩《か》られる側だ」

「アクセスにはずっと失敗していたはずなのに、どうして……」

女の声で、やはり淡々と動揺する。

きっかけは、やはりニーナと接触《せっしょく》したあの時だ。狼面衆たちが下手にシャンテに手だししなければ、おそらくディックは彼女とアクセスすることはできないままだったろう。

だが、狼面衆たちがシャンテを見つけ出し、ハトシアの実によってむりやり本来の彼女の姿を出現させたことによってそれが可能《かのう》になった。

だが、そんなことを一々言って聞かせてやる理由はない。

「……それは、教えられねぇ」

炎が消えた時、そこはただの寮《りょう》の個室《こしつ》に戻《もど》った。ニーナはベッドで眠《ねむ》っている。この世界の法則《ほうそく》に引き戻された狼面衆たちは自らの剄《けい》で炎に対抗《たいこう》しようとしたようだが、しきれず半焼けの状態で床《ゆか》に転がっている。

全身に青い剄を纏《まと》い、ディックは個室に足を踏《ふ》み入れた。

焦《こ》げた姿《すがた》で転がる狼面衆を一人一人踏み潰《つぶ》していく。すでに身動きの取れない狼面衆はそれに抵抗《ていこう》する術《すべ》もなく、すでに倒《たお》された他の者たちと同じ運命を迎《むか》える。

「……全て、無駄《むだ》だ」

最後の一人がそう呟《つぶや》いた。

「どれだけ我《われ》らを倒そうと、お前はいずれ、この波に飲み込《こ》まれる」

「……勝手にほざけ」

踏み潰す。

硬《かた》い干菓子《ひがし》を噛《か》み潰すような感触《かんしょく》が足の裏《うら》に伝わる。

床に残ったのは砕《くだ》けた仮面《かめん》の欠片《かけら》だけだ。それもやがて砂《すな》のようになり消えてなくなることだろう。

ベッドで眠るニーナを見る。悪夢《あくむ》が去ったかのように、額《ひたい》に浮かんだ汗《あせ》以外で狼面衆《ろうめんしゅう》が何かしようとしたことの痕跡《こんせき》は見いだせない。

ニーナの中に廃貴族《はいきぞく》が眠っている。

「取っちまうか」

ディックはおもむろに左手を持ち上げると、指先に剄を集めた。

廃貴族など、憑《つ》いていてもなにもいいことはない。狼面衆の連中がどうして廃貴族に興味《きょうみ》を示《しめ》したのかわからない。あれに手を出しても痛《いた》い目を見るだけなのは、ディックを教訓とすればわかるはずなのに。

（まぁ、とっちまえばもう狙《ねら》われないだろ）

そう思い、剄で光る指をゆっくりとニーナの腹《はら》に近づけていく。

だが、その手を止めざるを得なかった。

巨大な剄が近づいてくる。

（なんだ？）

狼面衆はすでに追い払った。この都市を覆《おお》う異常《いじょう》はシャンテによってじきに正常へと戻るだろう。それまでの間、普通《ふつう》にこの世界で生きる者はこの状況《じょうきょう》を感知できないはずだ。

では、この剄の持ち主は誰だ？

手を止めたディックは寮を飛び出した。どちらにしろ、戦うとなればここを戦場にするわけにはいかない。

表へと出たのと、それが目の前に着地したのはほぼ同時だった。

「やぁ、面白《おもしろ》い夜だね」

その男は、気楽な口調で話しかけてきた。軽薄《けいはく》そうな笑《え》みを顔に貼《は》り付けた男だ。表《ひょう》情《じょう》だけを見れば、まるで散歩の途中《とちゅう》に出会った他人に挨拶《あいさつ》をしているかのようだ。

だが、その全身からは剄が溢《あふ》れかえっている。

ディックに向かって。

（こいつは、厄介《やっかい》だ）

相対してみて、ディックは舌打《したう》ちした。実力差というものがはっきりとわかる。

（勝てないな）

少なくとも、このままでは。

「面白い夜だとは思わないのかい？」

男がもう一度、同じことを言った。

「ああ、そうかもな。で、あんたはそんな夜になにをしてるんだ。空模様《もよう》が悪い時は、家で大人しくしてるもんだ」

「ああ、なるほど。そうかもしれないね。でも、この空が雨を落とすかどうかわからないし、そうなると傘《かさ》や屋根が役に立つのかもわからない。家に籠《こも》る意味はあるのかな？」

「ベッドに入って目を閉《と》じ耳を閉じれば、色々となかったことにできるもんさ」

「でも、それは主観的なものでしかないね。それがあったという事実が消えるわけではないし、それに、僕《ぼく》の主観はすでに、これを面白そうだと思ってしまった。そして君に出会えた。敵《てき》か味方かとか、そんなことはどうでもいいんだ。グレンダンの外にも面白そうな奴《やつ》がいる。そう思ったら後はもう、やることは決まってる」

「……天剣授受者《てんけんじゅじゅしゃ》か」

「知ってるのなら十分だよ」

それが始まりだった。

男の腕《うで》と足が光った。指抜《ぬ》きのグローブに、ブーツに、すでに錬金鋼《ダイト》を仕込んであったのだ。声なしで復元《ふくげん》させたそれは手甲《てっこう》と脚甲《きゃっこう》だった。格闘術《かくとうじゅつ》。右の拳《こぶし》。単語だけが脳内《のうない》を走り、走った時には体はもう動いていた。

鉄鞭《てっべん》で受け止める。

「僕はサヴァリスだ。君は？」

「くたばれ」

右手に走る痺《しび》れに、ディックは全身で衝剄《しょうけい》を放った。だが、サヴァリスはすでに距離《きょり》を取っている。

（遊ぶ気だな）

やろうと思えばあの一瞬《いっしゅん》でディックを殺すことはできたはずだ。格闘術は全身が武器《ぶき》であり、さきほどまでの距離はサヴァリスにとって有利な間合いだったはずだ。そして、大物の武器を振《ふ》りまわすディックには苦手な間合いだ。

それをわざわざ捨《す》てる。

（つまりは遊んでるってことだ）

「どうしたんだい？　そんなものではないだろう？　隠《かく》し玉があるはずだよ。僕にはわかるんだ」

サヴァリスは身構《みがま》えていない。だが、打ち込む隙《すき》はどこにもなかった。遊んでいるが、油断《ゆだん》しているわけではない。身構えていないが、体勢《たいせい》が整っていないわけではない。意識《いしき》も肉体も戦闘に向けて収斂《しゅうれん》され、凝縮《ぎょうしゅく》され、爆発《ばくはつ》しそうだ。

ただ、獲物《えもの》を見定めたのに狩《か》り方を定めていないだけだ。いずれは狩るという事実を忘《わす》れていないから、簡単《かんたん》な隙はない。

逃《に》げることはできそうにない。

「……正直、おれにとって意味がなさそうなんだけどな」

「そうかな？　では、このまま僕を自由にしたらあなたが守ろうとしたものを破壊《はかい》するというのはどうでしょう？　この建物の中にいるんですか？」

「無茶苦茶《むちゃくちゃ》だ」

「こんな自由になる時間、めったにありませんから。それにこれは、あの狼面衆《ろうめんしゅう》とかいうのが関《かか》わっているんでしょう？　あなたはどうやらあの惰弱《だじゃく》な連中とは少し違《ちが》うようだから、もしかして敵対しているのですか？　だとしたら、もしかしてあの建物の中にいるのは廃貴族《はいきぞく》を持った女の子ではないですかね？」

「おまえ……」

「だとしたら、こんな状況《じょうきょう》は関係なく、あれはいずれ僕が持ち帰らなければならないものだ」

天剣授受者がここにいる理由。

(廃貴族が狙《ねら》いだと？)

どういう意味か？　ディックは考えた。廃貴族の力をもっとも必要としていない都市ではないか。

それを必要とするということは？　武芸者の質《しつ》が落ちた？　まさか、こんな実力者を外に出す余裕《よゆう》がある以上、そんなはずがない。

では、どういう意味か？

もしかしてそれは、あの場所と関係があるのか？

(……どちらにしろ、あいつはやらねぇけどな)

「しかたねぇなあ」

覚悟《かくご》を決めると、ディックは左手を顎先《あごさき》に当てた。そしてその手はさらに上がり、口元を覆《おお》う。

その動作は、なにかに酷似《こくじ》していなくもない。

ディックの代わりに狼面衆が立っていれば、それはすぐに当てはまったことだろう。

仮面《かめん》を被《かぶ》る動作だ。

視界《しかい》が刹那《せつな》、狭《せば》まる。

状態《じょうたい》を取り戻《もど》した時には、全身に力がみなぎっていた。

「ほう」

サヴァリスが笑《え》みを深め、腕を持ち上げる。体を半身にし相手に対する面積を狭《せま》くする。

「それがあなたの本気ですか？」

それでも、顔から笑みは消えない。それどころか、深くなる一方だ。

淡《あわ》い、貼《は》り付いたような笑みから、濃《こ》く、強い感情《かんじょう》を宿した笑みに。

「ありがたく思えよ」

仮面の隙間から迸《ほとばし》る青い剄《けい》が全身を覆う。それは、狼面衆たちが被っていたものと同じ形をしていた。

「ええ、とてもありがたいですよ」

膨大化《ぼうだい》した剄を浴びてもその態度《たいど》は揺《ゆ》るぎもしない。ただ、ディックの剄を受け入れ、歓迎《かんげい》するための準備《じゅんび》に入っている。

「これだから、グレンダンの連中は……」

苦い記憶《きおく》を嚙《か》みつぶし、鉄鞭《てつべん》を肩《かた》に担《かつ》ぐ。

どんな相手だろうと、戦うのであれば一撃で沈《しず》める気構《きがま》えでやるのがディックだ。相手が天剣授受者《てんけんじゅじゅしゃ》だからといって気後れはしない。

一撃《いちげき》。

サヴァリスもそれを受けて、腰《こし》をさらに低くする。

ディックのやり方に受けて立つつもりだ。

二人とも、その場から動かない。間合いの測《はか》り合いはなく、ただ相手が一撃を出すタイミングを見計らいつつ、体内で剄の密度《みつど》を上げ続ける。

（……奴《やつ》は、天剣を持っていない）

剄を練りながら、ディックはそのことを確《たし》かめた。サヴァリスの錬金鋼《ダイト》は、白金錬金鋼《プラチナダイト》を素地《そじ》とし、紅玉錬金鋼《ルビーダイト》を取り付けたものだ。化錬剄を使うということだろう。

天剣も白金錬金鋼《プラチナダイト》だが、いまサヴァリスがしているものは違う。

あれは、白金錬金鋼《プラチナダイト》という形をしているだけの、まるで別の物質《ぶっしつ》だ。

（あー……くそ、覚えがあるぞ）

天剣の有無《うむ》を確認《かくにん》したところで、思いだした。化錬剄を使う格闘術《かくとうじゅつ》使いの天剣授受者。

一度、手合わせしたことがある。それが原因《げんいん》でその人物をこちら側に巻《ま》き込《こ》んでしまったが、その後どうなったかは知らない。もともと存在《そんざい》していた時間軸《じく》が違ったということもあるだろう。それから二度と会うことはなかったからだ。

よく見れば、顔のあちこちにその面影《おもかげ》がないこともない。ただ、あの男は無骨《ぶこつ》なまじめ人間だったし、もっと太い体をしていた。大樹《たいじゅ》のような安心感を纏《まと》わせ、同時に重厚《じゅうこう》な覇《は》気《き》をも身につけていた。王者の風格《ふうかく》というものだろう。

サヴァリスとは実力という境《さかい》を置いて、まるで対極に位置しているように思える。

（まぁ、その心配もこれで終われば無用な話）

そう決めるとディックは放った。

雷迅《らいじん》。

両者の狭間《はざま》にあった間合いを即座《そくざ》に踏破《とうは》し、鉄鞭を振《ふ》るう。

サヴァリスは、寸前《すんぜん》まで動かなかった。

（受ける気だ）

一歩を踏み出した時に、そのことに気付いた。

（調子に乗るなよ）

その態度に怒《いか》りを覚えた。

無論《むろん》、弱気に転じるということはない。そしてどんな感情になろうとも、一度放った以上、止まる気はない。

雷《いかずち》を引き連れた鉄鞭を、容赦《ようしゃ》なくサヴァリスの頭めがけて振り下ろす。

その瞬間《しゅんかん》──その瞬間だけ、サヴァリスの顔から笑みが消えた。いつも細められていた目が開き、額《ひたい》に浮《う》かんだ汗《あせ》までもディックには見えた。

サヴァリスの左手が動く。鉄鞭を受け止める気か？

（間に合うはずが……）

ない。そう思った。

いや、たとえ間に合ったとしても雷迅の一撃を片手《かたて》で受け止めるようなことができるはずがない。腕《うで》ごと粉砕《ふんさい》する自信があった。

だが、現実《げんじつ》はディックを裏切《うらぎ》る。

空気を揺《ゆ》さぶるような重い音が広がっていく。二人を中心に地面がひび割《わ》れ、そして爆《ばく》砕《さい》した。近隣《きんりん》にあった骨《ほね》を晒《さら》した建築物《けんちくぶつ》が激《はげ》しく揺れ、中には崩《くず》れるものまであった。打撃の衝撃《しょうげき》はあくまでも打点に収束《しゅうそく》させ、そして突《つ》き抜《ぬ》けさせる。そのために余波《よは》は少ない。

少ないのに、これだけのことが起きた。

そして、それをサヴァリスは受けきったのだ。

「……やってくれる」

「いえ、痛かったですよ」

打鞭を摑《つか》んだサヴァリスの手からは血が噴《ふ》き出していた。その手を覆《おお》う手甲《てっこう》も破損《はそん》している。手でかばわれる位置にあったサヴァリスの顔は、手から飛散した血の飛沫《しぶき》で赤く彩《いろど》られ、そこに割れた額から溢《あふ》れる血が加わろうとしていた。

鉄鞭をサヴァリスの手から引きはがし、ディックは距離《きょり》を取る。

「全身が痺《しび》れましたよ。おかげで反撃が打てませんでした」

サヴァリスの腰《こし》では右の拳《こぶし》が固く握《にぎ》られていた。

あれを打たれていたら、ディックの腹《はら》には大穴《おおあな》が開いていたに違《ちが》いない。

「ですが、おかげであなたの実力のほどを知ることはできましたよ」

「まったく……やってらんねぇ」

サヴァリスがディックを知ったように、ディックもサヴァリスを知った。サヴァリスの左腕は垂《た》れ下がったままだ。脱力《だつりょく》しているわけではなく、あれは肩から骨が抜けているに違いない。おそらく拳の骨は砕《くだ》けているだろう。左腕そのものの骨にも影響《えいきょう》があるはずだ。

そして、雷迅の影響を左腕にとどめるために、ギリギリの段階《だんかい》で肩の骨を外したのだ。

(わざわざ、おれの実力を知るためにそんな無茶《むちゃ》をやるだと?)

サヴァリスほどの実力者ならば、数日活剄を治療《ちりょう》に向ければ完治することだろう。もちろん、正常《せいじょう》な回復《かいふく》を望むのなら病院に行く方が早くて確実なのは言うまでもないが。

だが、そんなことのためにわざわざ自分を危険《きけん》に陥《おとしい》れるような真似《まね》をする者がどこにいる？

つまり、サヴァリスはそういう者だということだ。

目の前の戦いのことしか考えていない。

その戦いで、自分がどう楽しめるかしか考えていない。

戦闘狂《せんとうきょう》だ。

「お前みたいな奴《やつ》がここにいるのは、迷惑至極《めいわくしごく》だな」

「初代からの因果ではないですか？　僕《ぼく》がここにいるのは」

「そんなもん、あるものか」

サヴァリスがどのようにしてこちら側に足を踏《ふ》み入れるようになったのかは知らない。

だが、ディックはサヴァリスがこれ以上、こちら側に深く踏み込むことになるのは危険だと踏んだ。

場合によってはこの男は、狼面衆《ろうめんしゅう》に回るかもしれないのだ。

その可能性《かのうせい》があるということだ。

そこに、面白《おもしろ》い戦いがあるのならば。

「追い出す」

「できるのですか？」

方法のことよりも、実力的なことを言っているのか？　顔には余裕《よゆう》があった。雷迅《らいじん》を受けた影響がまだ消えているとは思えない。外れた骨を顔色も変えずに戻《もど》しているが、どちらにしろそちらの腕はこの戦いでは使えない。そして、使えない腕は体のバランスを崩す。

それ以外にも、体に支障《ししょう》は出ているはずだ。

それなのに、笑《え》みに変わりはない。

むしろ、これでようやく対等になったとでも言いたげだ。

その余裕を突《つ》き崩したい誘惑《ゆうわく》に、いや怒りに駆《か》られそうになったがディックは抑《おさ》えた。

無言で、構《かま》える。

再《ふた》び、雷迅を放つために。

「その愚直《ぐちょく》さは敬意《けいい》に値《あたい》しますね」

もう軽口には付き合わない。

サヴァリスは垂れ下がった左腕《ひだりうで》を無視《むし》して、右拳をやや前に出した構えをとった。まさか、右手でさっきと同じことをやるつもりではないだろう。

（……ないな）

笑みはそのまま、いや、左腕が痛んでいるだろうにそのことをまるで表に出さない笑みは、以前よりも凄絶《せいぜつ》な気がした。

右手に宿った勁《けい》は先ほどとはまるで違う。獣《けもの》が牙《きば》を剝《む》きだしたような勁は、ディックの顔に焦《こ》げるような痛みを与《あた》える。

こちらの品定めは終わったのだ。ならば後はどう狩《か》るかを考えているに違いない。

サヴァリスのあの構えは、つまり雷迅を破《やぶ》るための型だということだ。

すでに受けきられたのだ。ディックの中ではもう破られたという感覚はある。だが、ディックがそれで雷迅を捨《す》てることがないように、サヴァリスもまた、あれで破りきったとは思っていないのだろう。一度受けただけで左手が使い物にならなくなり、反撃できなかったのだ。二撃三撃と連続で打たれれば、倒《たお》れるのはサヴァリスの方だ。

そのことがわかっているからこそ、サヴァリスは違う構えを取った。使えない左手を庇《かば》うための構えではない。右手を有効《ゆうこう》に使うための構えのはずだ。

（ま、どう転がってもおれはやるしかないわけだが）

軽口の奥底《おくそこ》で冷たい緊張《きんちょう》が張《は》りつめている。

捌《さば》かれるか反撃《はんげき》されるか……反撃する気なのは目に見えて明らかだが、それでもディックは一歩踏み出した。

雷迅。

稲妻《いなずま》と化してサヴァリスに迫《せま》る。

サヴァリスはやはり動かない。笑みはそのままに、右拳も動かない。

なにを考えているのか？　そんなことは、刹那《せつな》の移動《いどう》の中で考えられることではない。

動きだせば、後は走りきるしかないのだ。

鉄鞭《てつべん》をサヴァリスの頭部に振《ふ》り下ろす。

だが、ここで意外な感触《かんしょく》がディックの腕《うで》に、即座《そくざ》に全身に伝播《でんぱ》する。

「なっ」

あまりのことに、ディックは止まるための力加減《かげん》を誤《あやま》りかけた。

手応《てごた》えがまるでなかったのだ。

「やられた！」

バランスを崩《くず》しそうになるのを必死にこらえて、叫《さけ》ぶ。視界の端《はし》にサヴァリスの笑みが映《うつ》りこんだのは、ほぼ同時だった。

「くっ」

仕切り直しだ。距離《きょり》を取ろうと踏ん張った足を動かすが、すでに遅《おそ》い。

右拳《みぎこぶし》が襲《おそ》ってきた。

寸前《すんぜん》で身をよじった。

左肩《ひだりかた》。意趣《いしゅ》返しか？　激痛《げきつう》を感じる暇《ひま》などなかった。いきなり左肩から先の感覚が全《すべ》て失われたのだ。

爆砕《ばくさい》したのだとすぐに気付く。

この瞬間《しゅんかん》、ディックは方針《ほうしん》を急展開《てんかい》させた。退避《たいひ》のために溜《た》めた力の方向を変える。

サヴァリスに向かって。

こちらの変更《へんこう》に気付いて、サヴァリスはやはり笑みを浮《う》かべていた。

手応えのなさ、そして忽然《こつぜん》とした移動。これらの謎解《なぞと》きは簡単《かんたん》だ。

騙《だま》されていた。

格闘術《かくとうじゅつ》というサヴァリスの能力《のうりょく》に集中しすぎて、もう一つのことを見忘《みわす》れていたのだ。

化錬剄《かれんけい》を使うということを。

あれが、ただの残像現象《ざんぞうげんしょう》による目くらましであれば、さすがにディックでもすぐにわかる。だが、化錬剄によって作られた幻影《げんえい》だとすれば、そう簡単にはいかない。

特に、ディック自身がそのことを念頭に置いていなかったのだから、騙すのは簡単だったろう。

（だが、まだだ！）

保身《ほしん》をかなぐり捨《す》てたディックの突撃《とつげき》に、やはりというかサヴァリスは動じていない。読まれていたか？

しかし弱気になる暇はない。サヴァリスの右拳は突《つ》きだされたままだ。

右手に痺《しび》れが走った。

軽い感触。

鉄鞭が手から失われた。サヴァリスの膝蹴《ひざげ》りが鉄鞭を跳《は》ね飛ばした。右手の指が何本か、ありえない方向に曲がっていた。

それでも止まらない。

軽くなった手をサヴァリスの顔に向ける。

顔を摑《つか》む。

突如《とつじょ》、首の後ろから内部に肉を割《わ》って熱いものが侵入《しんにゅう》してきた。

指だ。引きもどされたサヴァリスの右拳が手刀に変化して襲いかかったのだ。息が詰《つ》まる。気道を押《お》さえこまれた。いや、潰《つぶ》されたか？　肉を割って入りこんだ指が曲げられたのを感じた。骨《ほね》を握《にぎ》られたか。

一瞬後には死ぬ。脳《のう》と肉体の繋《つな》がりを断たれる。

そう感じた時にはすでにディックの意識《いしき》は闇《やみ》に閉《と》じられ、そして目的も達成した。

†

「危《あぶ》なかったですね」

体中から一瞬にして熱が失われていくのを感じる。まともにやりあえば、死んでいたのは自分の方かもしれない。それを考えると、サヴァリスは体を震《ふる》わせた。

だが、笑《え》みは深い。

恐怖《きょうふ》と同質量《どうしつりょう》の恍惚《こうこつ》がサヴァリスを支配《しはい》していた。

「残念ですよ。天剣《てんけん》があれば、詐術《さじゅつ》なしでやり合いたかったのですが」

足下《あしもと》に転がる死体となった男を見る。うつぶせに倒《たお》れた男……ついに名を明かさなかった。

それにしても、あの青い剄《けい》はなんだったのか？

「もしかして、あれが廃貴族《はいきぞく》の力なのですかね？」

だとすれば、残念な話ではある。天剣授受者《てんけんじゅじゅしゃ》並の力はあるが、それだけのことだ。グレンダン以外の都市では十分以上に意味のあることだが、グレンダンでは、特に現在《げんざい》のグレンダンではそれほど意味があることではない。

それとも、この男だからこそこれぐらいだったのか？

「期待は消さないでおきましょうか」

これが廃貴族であった確証《かくしょう》はないのだ。

その時、かすれた遠吠《とおぼ》えが耳に届《とど》いた。

闇夜を伝う音に、サヴァリスは顔を上げる。

七色の空が完全に消滅《しょうめつ》し、そこにはごく普通《ふつう》の都市の夜となっていた。

「ああ、ではこの騒《さわ》ぎももう終わりですか？」

終わらせたのは、おそらくあの炎《ほのお》の化身のような娘《むすめ》だろう。どこかに残っていた仮面《かめん》の連中を倒し尽《つ》くしたに違《ちが》いない。

できればあの娘ともやり合いたかったが、さすがにこの怪我《けが》でそれを考えるのは無謀《むぼう》すぎる。

「残念ですね」

呟《つぶや》き、再《ふたた》び足下を見下ろした。自分をここまで追い詰《つ》めた強者《つわもの》の姿《すがた》を見納《みおさ》めるために。

しかし、そこに死者の姿はなかった。溢《あふ》れだした血が作り出す水たまりもなく、つい先ほどまでは嗅覚《きゅうかく》を刺激《しげき》していた血臭《けっしゅう》も消え失《う》せていた。

肉を裂《さ》き、気道と骨を断った指を染《そ》めていた血も同様に消え失せている。

それだけではない。

最初の雷迅《らいじん》を受け止めた時にできた破壊《はかい》の痕跡《こんせき》までもきれいに消え失せてしまっていた。

「なるほど、これほどきれいになくなってしまうのでは、いままで誰《だれ》にも気づかれなかったわけですね」

ルッケンス家にある初代が記した物に信憑性《しんぴょうせい》がなかったのも、どれだけグレンダンの記録を探《さぐ》ってもその戦いの痕跡が欠片《かけら》も出てこなかったからだ。

まさか、全《すべ》ての痕跡がごく自然になかったことになってしまうなど、思うはずがない。

それは、想像《そうぞう》外の出来事だ。

「驚《おどろ》きですね。ですが、となると僕の知らないうちにグレンダンでもこんな面白《おもしろ》いことが起きてたのでしょうか？　だとしたら損《そん》してたことになりますねぇ」

だが、これからは違う。サヴァリスはこちら側に立った。どういう理由か？　おそらくはマイアスの時のあれが原因《げんいん》だろうとは思う。サヴァリスが見えない物をリーリンが見ていた。そのリーリンを守るために行動を追っていたがために、自然とそちら側に引き込まれてしまったのだろう。

では、リーリンはどうしてそんなものが見えたのか？

そこまで考えて、原因などどうでもいいという結論《けつろん》になる。

これからは、退屈《たいくつ》する時間が少なくて済《す》みそうだ。そう考え、そしてそれだけで十分だった。

しかし……

「おや？」

その変化に、サヴァリスは首を傾《かし》げた。

腕《うで》の痛《いた》みがなくなっている。

見れば、骨が砕《くだ》け青黒く変色していた腕が、元の健康的な状態《じょうたい》になっている。

「これは……」

疑問《ぎもん》に思えたのは、そこまでだ。

「おや？」

サヴァリスは周囲に視線《しせん》を巡《めぐ》らせて、首をひねった。

「どうして僕《ぼく》はここにいるのでしょうか？」

ゴルネオの所に顔を出して、久《ひさ》し振《ぶ》りに会う弟をおちょくっていたはずだ。

「なんでしょうね」

不可思議《ふかしぎ》だ。落ち着かない気分に、サヴァリスはなぜか左腕を撫《な》でた。体の芯《しん》に、強い熱が宿っている。それはゆっくりと消えようとしていたが、その熱が存在《そんざい》することが不可思議だった。

……まるで、さっきまでとても満足のいく戦いをしていたかのような、そんな感じなのだ。

しかし、サヴァリスにそんな覚えはない。

「おかしな話です」

何度も首を傾げた後、サヴァリスはさてこれからどうしようと考えを切り替《か》えた。再《ふたた》び弟の所に戻《もど》るのもなんだか恰好《かっこう》がつかない。しかし、寝《ね》るところもまだ決まっていないのだ。やはり傭兵団《ようへいだん》の所かと決めて、歩き始めた。

†

サヴァリスの記《き》憶喪失《おくそうしつ》には、もちろん理由がある。

雷迅《らいじん》をあんな形で掴かれ、左腕を失い、ディックは瞬時に考えを改めた。

当初の目的、サヴァリスを十分に叩《たた》きのめしてから目的を完遂《かんすい》する。

それを、直《ただ》ちに目的を達成させる、にだ。

あの時のなりふり構《かま》わぬ特攻《とっこう》にはそういう意味があった。そして成功した。首の骨《ほね》を折られ、意識《いしき》が断絶《だんぜつ》する直前に、なんとかぎりぎりで、成功した。

サヴァリスの顔に触《ふ》れることができた。

指先にほんのかすかにあった勁《けい》が脳《のう》を直撃《ちょくげき》したことに、彼は気付かなかっただろう。あれは物理的に衝撃《しょうげき》を与《あた》えるようなものではない。マスケイン家に極秘《ごくひ》に伝わる隠密《おんみつ》行動のための技《わざ》だ。

盗《ぬす》みに入った家で発見された場合、発見者の記憶を奪《うば》うために作りだされた技だ。脳の記憶を担当《たんとう》する部位に勁を流し込み、直近の記憶を奪い去る。それがディックがあちら側に関《かか》わることになったために、別の因子《いんし》が混《ま》じり、ディックに関わった記憶を奪い去ることができるようになった。

ディックは、ツェルニを去る時に、これを都市にいたほとんどの生徒に行った。卒業する者たちは卒業式の日に。それ以外の者たちは、その後数年かけて行った。

そのため、当時ツェルニにいた生徒たちに、ディックを覚えている者はいないのだ。

ニーナにこれは通用しない。彼女はすでに狼面衆《ろうめんしゅう》と深く関わってしまった。仮面の奥にあったあちら側を覗《のぞ》いてしまった。それをディックは消しさることができない。

だが、サヴァリスからは、少なくともディックに関わった部分は消しさることができた。

それだけで、いまは十分だ。いまのところ、関わりは薄《うす》そうに見えた。おそらく、狼面衆を見たことがあるか、戦ったことがあったかくらいだろう。

ニーナのように、アレを見てはいないはずだ。

「ざまぁ、みろ」

本来の場所に戻ったサヴァリスに、ディックの声は届《とど》かない。

崩壊《ほうかい》を始めた偽物《にせもの》のツェルニで、寮《りょう》の前の路上で、ディックは死にながらそう呟《つぶや》いた。

首から、失われた腕から溢《あふ》れ出す血はもはや出尽《でつ》くした感がある。

それでも、ディックは生きている。

物理的なことで、もはやディックが死ぬことはない。

なぜならば、ディックの肉体はもはやそのほとんどがあちら側の物質《ぶっしつ》によって構成《こうせい》されているから。

こちら側では、死のうにも死ねない。

狼面衆に対する復讐《ふくしゅう》心がある限《かぎ》り。

「ほんとに……ざまぁみろ、だ」

戦闘狂《せんとうきょう》としか思えない男を、こちら側から追い出した。そのことに、ディックはしてやったりと血の気の失せた唇《くちびる》をねじ曲げた。

(あいつを、こちら側にやるものか)

この、無間の槍衾《やりぶすま》を征《ゆ》くような、救いのない場所に。

それこそが、あいつに対しての最大の痛打《つうだ》のはずなのだ。
だが、それすらも一時しのぎでしかないことを、いまのディックが知りようもない。
三ヶ月後にサヴァリスの下《もと》に狼面衆が姿《すがた》を見せることも、
そして、この夜に狼面衆がなにをニーナに見出《みいだ》したのかも、
そしてそれが、この後にどんな影響《えいきょう》を与《あた》えるのかも、
ディックには知りようがなかったからだ。

†

なんだ、この状況《じょうきょう》は？

ゴルネオは冷や汗《あせ》を浮《う》かべて、それを……それを見ないようにしていた。

いつのまにか、兄がいなくなっていた。

それはいい。あの人が本気になれば、ゴルネオの知覚など簡単《かんたん》にごまかされる。

だが、これはどういうことだ？

時計を見る。壁《かべ》かけの時計を、映像《えいぞう》機器に付属《ふぞく》してある時計を、音楽機器に付属してある時計を、それら全《すべ》てを確認《かくにん》する。ベランダから見える生徒会棟《とう》の時計まで確認した。内

力系活剄《けいかつけい》で視力《しりょく》をこれ以上ないほどに上げて確認した。限界《げんかい》を突破《とっぱ》したのではなかろうか？

帰ってきて、食事を作って、それを済《す》ませて、食器を洗《あら》えば、だいたいこんな時間のはずだ。サヴァリスがいた時間など、数分でしかないだろう。

なら、これはなんだ？

ソファを、その端《はし》っこを見る。小さな、ゴルネオからしたら華奢《きゃしゃ》な素足《すあし》の指が見え、それ以上視線を動かせない。一度だけ見れば十分だ。それ以上はいけない。

（どうしてだ⁉）

どうして、シャンテが素《す》っ裸《ぱだか》で寝《ね》ているのだ⁉

ゴルネオのその疑問《ぎもん》が解消《かいしょう》されることはなく、また、どれだけ探《さが》しても脱《ぬ》いだはずの彼女の服が見つかることもなく……

……隣室《りんしつ》にいるシャンテの同居人《どうきょ》の視線を想像し、ゴルネオの冷や汗が止まることはなかった。

シャンテの寝息だけが、安らかに部屋に響《ひび》いた。

あとがき

というわけでドラマガ連載のあれやこれやをそれっと加工して書き下ろしもつけちゃいました。雨木シュウスケです。甘栗むいちゃいましたより、焼きもろこしの粒の方が好きです。

九巻あとがきの「まぁ」の多さにちょっとびっくりした。どういう精神状態だったんだろう、自分。

そんな感じで、作品紹介をば。

・ア・デイ・フォウ・ユウ01（ドラゴンマガジン07年4月号掲載）
アレなイベントをツェルニでということでフェリ嬢にがんばってもらいました。

・ア・デイ・フォウ・ユウ02（ドラゴンマガジン07年5月号掲載）
アレなイベントをツェルニでということでレイフォンにがんばってもらいました。

え？　人名が変わっただけ？　ＨＡＨＡＨＡ、ソンナバカナ……

……レイフォンはおまけで、本当の主役は獣娘です。

・ア・デイ・フォウ・ユウ03（ドラゴンマガジン07年6月号掲載）

全ての混乱の源、ディックのあんちきしょうの登場です。諸悪の根源です。なのでみんなで彼を応援しましょう（え？

・槍衾《やりぶすま》を征《ゆ》く（書き下ろし）

そのあんちきしょうがメイン張ってる中編です。どこをどう整理すれば混乱が収まるのかわかりません。メダパニ、メダパニーマ、メダパーニャ。混乱三段活用だ、覚えてもテストには出ないＺＥ！

いや、嘘ですからね。信じないでくださいよ？

【衝撃の事実】

皆に重大な事実を告げなくてはならない。

次もこの形式DADADA!


いやー、物は投げないで、ちょっとそこの人、どこ行くのー。

いや、マジすんません。しかし、この短編たちはこのタイミングで出さないと色々と寒いことになりそうなので、どうしても次で出しておきたいのです。

そういう意味では、本巻もまさしく同様。いい加減出しとこうぜという感じです。

そういうわけで、書き下ろし中編は今巻のも合わせて『十二巻を大いに盛り上げる中編』団ということになっています。あれ? SOSにならないよ? JOT? ジョット!


【怪談】

怪談の投稿数がちょろっと増えたぜ。

そして、今巻で一応募集は締め切《しき》りたいと思います。ですが、『ふるえるぞハート』な話をおれは知ってるぜという方はぜひとも送ってきてくださいませ。

最優秀賞等の発表は次巻でやりたいと思います。例の賞品の発表場所等はまだ未定ですが、お楽しみに。
※毎度のことながら、苦手な人は飛ばし推奨《すいしょう》。
※掲載に際《さい》し、手を加え、改編しております。

『職場で』投稿者　たまさぶろうさん
いつも通り仕事をしていた時の話です。そこはちょっと霊感がある人なら謎の声くらいは聞いたことがある職場でした。
四階建てで、いつもは二階にある詰《つ》め所《しょ》と現場をうろうろしながら仕事をしているのですが、その時は一階にある調整用のバルブを調整しに行っていました。途中、近道の電気室を通り抜けバルブの近くの通路に出た時、ふと人の気配がしたのでそちらの方に向くと、そこにいつも見るような人影が見えました。いつものかとバルブの所にいき調整していると、その人影があった方から殺気みたいななんともいえないものを感じ、全身の毛が逆立ち、鳥肌が立ったのです。おそるおそるバルブから離れ通路の方へ行き、人影があったほうを見てみると、それは人ではなく違うものだと直感しました。このままいたら死ぬと感じるほどでした。慌てて詰め所に一目散に帰り事なきを得ました。同僚《どうりょう》がどうしたのと言うぐらいに青ざめて鳥肌もしばらく消えませんでした。

冷静になり思い出していると、その影には頭に短い角のようなものがあった気がします。あれは鬼の類《たぐい》だったのでしょうか。

その後は人影と声は見たり聞いたりしていますが、あの時のような物は見ていません。

『見つけた』投稿者　たかさん

その家族は、両親、姉、弟の四人暮らしで、わたしは弟と同級生でした。

父親が何か大きなものに「見つけた」と言われている夢を見ました。それが一週間続き、いい加減気持ち悪いねと言っていたら父が仕事中に事故。その後も原因不明の体調不良が続いていました。

ところが、転勤で家族そろって家を移ったらすっかり元気に。

それからしばらくは何事も無かったのですが、今度は母が「見つけた」と言われる夢を見ました。コレも、毎晩続いていたら母が家の階段から転落。「誰かに押されたような気がする」と言い出して、薄気味悪いのでそれほど離れていないところですけど引越しを。すると、夢もピタッと見なくなったそうです。

また、しばらくは何も無かったのですが次は姉が「見つけた」の夢を。学校が卒業間近で家を移りたくなかったので、家族には黙っていたのですが段々様子が変になってきました。部屋に引きこもりがちになり、ひとりブツブツしゃべっていることが多くなりました。

家族が心配していると、その独り言の中に「見つけた」って言葉が。両親がすぐにまた引越しをすると、姉は普通に戻り、その当時のことはなんかぼんやりしていてよく覚えていないと言っていたそうです。

さすがにコレは只事じゃないということで、霊能者と言われる方に相談に行くと、先祖が受けた「祟り」じゃないかと。故意か事故か分かりませんが、山の主と言われる動物を殺してしまい、供養したそうですが、それでも怒りが収《おさ》まらず今に至るようです。御祓《おはら》いをしてもらいましたが、あまりにも強力なのでその霊能者では完全に祓うことは出来ませんでした。

その後も家族の誰かが「見つけた」という夢を見る度に引越しを続けているようで、同級生も一ヶ月くらいで引っ越して行きました。

この話も何度か手紙をやり取りした時に聞いた話で、今では音信不通です。


【アニメ】

アニメ情報はドラゴンマガジン11月号でチェックだ！


【次回予告（十二月予定）】

もう書いちゃってますが、アレな形式です。というわけでちょっとだけ先延ばしじゃぞい。

それだけではなんなので、中編予想（予想!?）

……女の子とじいさんの出番がわりとが多いかも。

それでは、読者および関係者の皆さんに感謝の邪念を送りつつ。テトペッテンソン！


雨木シュウスケ（自分がどんなキャラになりたいのかよくわからない）

〈初　出〉

ア・デイ・フォウ・ユウ01　ドラゴンマガジン2007年4月号

ア・デイ・フォウ・ユウ02　ドラゴンマガジン2007年5月号

ア・デイ・フォウ・ユウ03　ドラゴンマガジン2007年6月号

他すべて書き下ろし

富士見ファンタジア文庫

鋼殻《こうかく》のレギオス10

コンプレックス・デイズ

平成20年9月25日　初版発行
平成21年1月25日　五版発行

著者――雨木《あまぎ》シュウスケ《しゅうすけ》

発行者――山下直久

発行所――富士見書房
〒102-8144
東京都千代田区富士見1-12-14
http://www.fujimishobo.co.jp
電話　営業　03(3238)8702
　　　編集　03(3238)8585

印刷所――旭印刷
製本所――本間製本

ISBN978-4-8291-3329-3 C0193

最強！王道戦記ファンタジー!!
貴族主義が進み
腐敗した王国の辺境で起こる反乱。
反乱軍には風の戦乙女を率いる知神ジェレイド。
ファンタジア文庫